王の求婚を拒んだシンデレラ

ジャッキー・アシェンデン 作

雪美月志音 訳

ハーレクイン・ロマンス

東京・ロンドン・トロント・パリ・ニューヨーク・アムステルダム
ハンブルク・ストックホルム・ミラノ・シドニー・マドリッド・ワルシャワ
ブダペスト・リオデジャネイロ・ルクセンブルク・フリブール・ムンバイ

PREGNANT WITH HER ROYAL BOSS'S BABY

by Jackie Ashenden

Published by Harlequin Japan, a Division of K.K. HarperCollins Japan, 2024

ジャッキー・アシェンデン

極上のヒーローと個性的なヒロインが登場する、情感豊かな物語を好んで書く。夫と２人の子供とニュージーランドのオークランドに在住。仕事の合間にはチョコレート・マティーニを嗜んだり、読書やソーシャルメディアに没頭したり、夫とマウンテンバイクを楽しんだりしているという。

主要登場人物

ウィニフレッド・スコット……国王の個人秘書。愛称フレディ。
キャシー・リン・ジョーンズ……ウィニフレッドの母。
アニー……ウィニフレッドの妹。
アーロン……キャシーの恋人。故人。
オーガスティン・ソラーリ……イザヴェーレの国王。
ピエロ・ソラーリ……オーガスティンの父。故人。
ハリール・イヴン・アル＝ナザリ……オーガスティンの親友。
ガレン・クーロス……オーガスティンの親友。

1

ウィニフレッド・スコットは足を止め、人の姿が見当たらない廊下に目を凝らした。今は午前一時、ロンドン発の深夜便でアル・ダイラに着いたばかりで、とても疲れていた。そのため、王宮のスタッフから部屋の場所を正確に指示されていたにもかかわらず、廊下をいくつか行ったり来たりしているうちに、迷子になってしまったのだ。廊下がどれも同じように見えるうえ、スタッフが順路を教えてくれたときに半ば寝ぼけていたのが災いしたに違いない。

アル・ダイラは紅海にほど近い砂漠の小王国で、ウィニフレッドの上司の親友、ハリール・イヴン・アル＝ナザリが統治している。

ああ、その王宮で迷子になるなんて。いくら方向感覚が鈍いとはいえ、あまりに恥ずかしい。

本当は、ロンドンを発《た》つ前に部屋の場所を確認しておくべきだったのだが、出発直前まで片づけなければならない仕事に追われていた。さらにフライトが予定より三時間も遅れ、ボスと出席するはずだった舞踏会に間に合わなかった。

そのボスとはオーガスティン・ソラーリ、ヨーロッパの山がちな小国イザヴェーレの国王だった。必要なときに彼女がそばにいないと機嫌が悪くなることを考えると、さぞかし腹を立てているに違いない。

もっとも、彼女自身、舞踏会に出られなかったことに落胆していた。なぜなら、彼女の仕事の大半は、ボスが王としての役割をできる限りスムーズにこなせるようにすることに捧《ささ》げられていたからだ。

そもそもロンドンに行くこと自体が苦痛だったが、オーガスティンはアル・ダイラでの役目を終えたあと、公式にイギリスを訪問することになっていたため、ウィニフレッドがいったんロンドンに飛ばなければならなかったのだ。オーガスティンの訪問先での特別な要求に対処するために。そしてアル・ダイラに戻る段になって、イザヴェーレの王室専用機が使えず、民間機を利用しなければならなかった。それが運の尽きだった。

しかたがないとはいえ、到着が遅れることを電話で伝えたとき、オーガスティンは明らかにいらだっていて、明朝の対応が思いやられた。

もちろん、彼がいらいらしている状態は好ましくなかった。オーガスティンの人生は困難を極め、少しでも楽にしてやるのがウィニフレッドの仕事だからだ。けれど、彼女にも手に負えないことがある。フライトの遅延もその一つだった。

ウィニフレッドは考えこむように首をかしげた。今しがたイザヴェーレの警備スタッフ数名とすれ違ったばかりなので、少なくとも正しい場所にいることは確かだった。おそらく彼女の部屋はこの廊下の先にあるに違いない。

彼女はブリーフケースの持ち手をしっかりと握りしめ、小さなキャリーケースを引きながら慎重に廊下を進んだ。そして、複雑な彫刻が施された木製のドアの前で足を止めた。

ここに違いない。ウィニフレッドはブリーフケースを置き、試しにドアノブをまわしてみると、ドアは音もなく開いた。

よかった。

彼女は中に入り、荷物を置いてドアを閉めた。それから明かりのスイッチを探したが、困ったことになかなか見つからない。小声で悪態をついたものの、目が慣れてくると、部屋が真っ暗でないことがわかった。カーテンの隙間から中庭からと思われる薄明かりが入り、ベッドの位置を教えてくれた。

ベッド――ウィニフレッドが必要としているのも、望んでいるのも、それだけだった。オーガスティンへの対処法は、一晩ぐっすり寝れば思いつくだろう。まずはシャワーを浴びよう。

　バスルームを探し当て、十二時間近く着続けた服を脱いで、湯の下に立つこと十分、ウィニフレッドは至福の時を過ごした。

　ところが、腹立たしいことに、体を拭いているとき、バスルームの照明が急に消え、彼女は闇の中に沈んだ。いらだたしげにスイッチを何度か入れたり切ったりしたが、徒労に終わった。

　まあ、今は照明が切れたところでなんの問題もない。とりあえずベッドに潜りこんでしまえばいい。オーガスティンへの対処と同じく。

　そう、私なら、なんとか彼に対処することができる。実際、この五年間、そうしてきたのだから。

　〝きみはこれまでで最高の個人秘書《PA》だ〟

先だって、オーガスティンはそう称賛した。めったに褒めることのない彼の言葉だけに、ウィニフレッドは感激し、胸に大切にしまっていた。

　情けない。心の声が嘆いた。彼はあなたを一人の人間としてさえ見ていないのよ。なのに、あなたはいつも敷物のように床に寝そべって、彼に自分の上を歩かせているなんて。

　彼女は闇の中、タオルを手すりにかけ、寝室に戻った。目を凝らして慎重に進み、なんとかベッドにたどり着いた。

　ばかを言わないで。ウィニフレッドは心の声を否定した。私は敷物じゃない。

　ウィニフレッドはオーガスティンの最高のPAになろうと努めてきた。そして、まさにそうなった。彼女は彼のどんな要求にも応えようとし、ときに難しいこともあったが、彼女にはこの仕事が、この仕事で得られる報酬が必要だった。二人の妹にお金を送るために。二人ともまもなく里親のもとを出るので、家や大学に入るための資金、あるいはほかの何かをするための資金を与えてやりたかったのだ。

とにもかくにも、オーガスティンの下で働くのが大好きだった。彼から離れたくなかった。

正直に言ったら？　心の声が再び指摘する。彼を愛しているんでしょう？

事実だった。彼の下で働くことの不幸な副作用だ。世界で最もカリスマ性があり、魅力的で、ハンサムな国王の下で働く以上、オーガスティンに恋をするのはほとんど不可避だった。ウィニフレッドは彼の右腕であり、彼が問題を抱えたときに最初に相談する相手であり、彼の必要なものはなんでもそろえる頼れる存在だった。そして、私は世界でただ一人、彼のことを本人以上に知っている女性――そう思うだけで、胸が熱くなった。

そう、確かにウィニフレッドはオーガスティンを愛していた。とはいえ、彼女にはわかっていた。彼は根っからのプレイボーイだが、部下とは一線を画し、絶対にその垣根を越えようとしなかった。だから、たとえ彼が彼女に惹《ひ》かれていたとしても、二人の間で何かが起こるなどありえなかった。

そもそも彼が私に惹かれるはずはないけれど。

でも、それでよかったのよ。ウィニフレッドは自分に言い聞かせた。私はこの仕事を手放すわけにはいかないのだから。いくら彼と親密になりたくても、セックスのために危険を冒すほど私は愚かではない。

彼女はすぐさまベッドに滑りこみ、ひんやりとしたシーツの肌触りに安堵《あんど》のため息をもらした。

三時間も出発がずれこんだ地獄のようなフライトのあとだけに、ウィニフレッドは熱いシャワー、快適なベッド、清潔なシーツにこの上ない幸福感を覚えた。柔らかな枕に頭を沈め、目を閉じて眠りに就こうとしたとき、大きく温かな手が腰に触れ、続いて蜂蜜を溶かしたような深みのある男性の声が耳元でつぶやいた。

「ああ……来たのか。もう来ないと思っていた」

ベッドの中で人が動く気配がしたかと思うと、ウィニフレッドは背中に人肌のぬくもりを、首筋を温かな吐息がかすめるのを感じた。

ショックのあまり、彼女は固まった。

その声を知っていた。毎日、オフィスでその声を聞いていて、普段はとても温かく感じる。今のようにセクシーに聞こえたことはなかった。

いずれにせよ、イザヴェーレ王オーガスティン・ソラーリが、この世で最も美しい声の持ち主であることは疑う余地がなかった。

そのイザヴェーレ王が、どうやら同じベッドに潜りこんでいるらしい。ウィニフレッドは動揺した。彼がここにいるはずはない。けれど、腰に置かれた温かな手の感触は……。

いったい彼は私のベッドで何をしていたの？　というより、本当に彼が私のベッドにいるの？

ウィニフレッドは部屋の闇を見つめながら深呼吸をした。もしかしたら、私が部屋を間違え、彼の部屋に迷いこんでしまったのかもしれない。腰に置かれた手、セクシーなつぶやき……。きっとほかの誰かを待っていたに違いない。舞踏会で出会った誰か、明らかに私ではない誰かを。

次の瞬間、ウィニフレッドの腰にあった彼の手が腹部のほうに滑り落ち、長い指が彼女の素肌に広がった。そして、硬くなった彼の体の一部が腿に押しつけられたとたん、彼女の体は隅々まで息づいた。息が止まり、心臓が早鐘を打ちだす。

ウィニフレッドは何年も前からオーガスティンを愛していた。出会った瞬間、恋の魔法にかかり、月日の流れと共にその魔法は深まるばかりだった。

その理由はよくわからなかった。なぜなら、彼に温かな言葉をかけてもらったことが一度もなかったからだ。気のあるそぶりを見せたこともない。そのため、ウィニフレッドは自分の感情を押し殺し、隠すのがとても上手になった。

魅力的だけれど傲慢で自堕落なプレイボーイ王という世間の評判はあくまで演出であり、本当のオーガスティンはそうではないことを、ウィニフレッドは知っていた。プライベートの場では彼は真面目で知性にあふれ、鋭敏な頭脳の持ち主だ。そして、内に困難を抱えていて、イザヴェーレの中でそれを知っているのも、知るのを王が許したのも、彼女ただ一人だった。

とはいえ、オーガスティンに特別な感情を抱かれていると考えるほど、ウィニフレッドは愚かではなかった。王たちが愛するのはどんな女性か、彼女は知っていた。王たちは彼女のような女性には見向きもしない。また、オーガスティンはボスであり、双方ともその一線を越えることはなかった。

彼はプレイボーイであるにもかかわらず、ウィニフレッドと戯れ合ったことはない。ただの一度も。それは、彼女が自らを人間から単なる彼の意思の表現機器に変えてしまったせいかもしれない。彼の書いたものをつぶやくボイスレコーダー。メールを送ったり日誌を整理したりするパソコン。コーヒーをいれるコーヒーメーカー。それらすべてが彼女の目指すところだった。彼の意思がスムーズに実行されるのを助けるために。

しかし今、オーガスティンは彼女を自分の意思を実現する機器として扱っているわけではなかった。今は一人の人間、一人の女性として見なして、彼女の腹部に手を添え、力強い体を密着させている。しかも裸で。

ウィニフレッドの口はからからに乾き、鼓動は耳をつんざかんばかりだった。

彼女はオーガスティンに多くの幻想を抱いていた。夜の闇の中で昔の恐怖につきまとわれ、自分が逃げ出した人生や自分が引き起こした恐ろしい出来事がよみがえると、ウィニフレッドは彼のことを考えるのを自分に許した。今と同じく、自分の上にある彼の手、耳元でつぶやく彼の声を。彼に触れられ、愛《あい》撫《ぶ》されて、ほかの誰ともしたことのないことをされているところを想像するのを。

そして、今まさにこの瞬間、その熱く絶望的な空想がすべて現実のものとなった。

彼の手がゆっくりと下がり、指先が脚の付け根の巻き毛を撫《な》でると、ウィニフレッドは思わず目を閉じた。肌をちくちくと刺すような熱に襲われ、彼の手のすぐ下でうずきが生じる。

オーガスティンは誰を相手にしているのか気づいていない、と彼女は確信した。相手の正体に気づいた瞬間、彼は激怒し、愛撫をやめるだろう。

やめてほしくない……。

ウィニフレッドは静かに息を吸い、欲望に身を震わせた。彼に触れ続けてほしかった。彼がしたいことをなんでも受け入れるつもりだった。

これまでの人生で逃してきた快楽を与えてほしい。

もし彼に気づかれなかったら？　彼が誰かと勘違いしたまま、これを続けたら？

オーガスティンの女性の好みが幅広いことを、ウィニフレッドは知っていた。経験豊富な彼は、たいてい一夜限りの関係を望んだ。特に気に入った女性の場合は、二度、三度と逢瀬《おうせ》を重ねる場合もあったが、それ以上はなかった。

ウィニフレッド自身は彼のタイプではなかった。豊満でもないし、美しくもない。機知に富んでいるわけでもなかった。彼女はおおむね、何事においても淡白だった。プロフェッショナル——それこそがウィニフレッドの目指すものだった。もしオーガスティンが彼女を至近距離で見たら、彼女がつくりあげてきた仮面の下にある数々の嘘《うそ》を見破るかもしれない。たとえば、名前すら自分のものではないこと、自分で言うほどイギリス人っぽくないこと、何年か前に犯した罪のこと……。

もしオーガスティンがそれらを見破ったら、私がようやく見つけたささやかな人生は打ち砕かれてしまうだろう。

いいえ、そんなことはあってはならない。ウィニフレッドは胸の内で強く否定した。これほどの収入が得られる仕事に就くのは不可能だし、妹たちのためにどうしてもお金が必要だった。

しかし今、ウィニフレッドは彼のPAではなかった。この闇の中で、私は彼にとって一人の女性であり、彼が求めている女性だ、と彼女は思った。

オーガスティンの手がゆっくりと下に滑り落ちると、腿の筋肉が弛緩《しかん》した。すかさず彼の指が巻き毛をかき分け、脚の付け根をまさぐり始める。ウィニフレッドは身を震わせ、肺に残っていた息をすべて吐き出した。ほとんど何も考えられない。彼の親指が最も感じやすい部分を――今まで誰も触れたことのないところを、そっとこすった。とたんに目もくらむような快感が彼女の全身を駆け巡った。

彼だから。

もだえながらウィニフレッドは目を閉じた。そう、彼だから、こんなにも感じるのだ。彼女はオーガスティンを愛していた。

彼に言うべきよ――私が誰かを。行きすぎる前に。

とはいえ、すでに行きすぎていた。彼の親指は女性の最も敏感な部分を円を描くようにこすり続け、唇は彼女のうなじをなぞって肩と首の間のくぼみを吸っていた。

杉や白檀《びゃくだん》のような温かみのある木の香りにまじってオーガスティンの匂いがあたりに漂う中、彼の愛撫と男性的な固い体の感触に、ウィニフレッドの渇望は募るばかりだった。

続けて。彼女は念じた。お願い、続けて。

そのとき、彼の親指の動きが止まり、つかの間、沈黙が落ちた。

「きみはこれを望んでいると思ったんだ」オーガスティンが彼女の耳元でささやいた。「そうでないなら、今すぐに僕に言うべきだ、やめてくれと。僕は女性に無理強いするつもりはない」

ああ。オーガスティンは明らかに、私の反応を否定的なものだと勘違いしている。そうじゃないのに。

あなたは彼に伝えるべきよ――あなたが誰か。心の声が促す。彼をだますようなまねをしてはだめ。

ウィニフレッドは笑いたくなった。今の私があるのは、彼をだましてきたからだ。本当の自分がどんな人間かを隠して。

なのに、こんなことをしたら、いったいどうなるの？ 私の仕事はオーガスティンの秘密を守ることだ。それは彼が望むときに望むことをなんでもして、彼が幸せであることを確認することを意味する。そして、彼は私の仕事に対して驚くほど高額の報酬を払ってくれている。でも、もう少しだけ私は自分のために何かを得てもいいんじゃない？ これは私の奔放な夢想を実現するチャンスだ。そうでしょう？

私が細心の注意を払えば、彼は気づかないに違いない。シャワーを浴び、香水もつけず、髪も緩めにしているし、ずっと黙っていた。

女性とベッドを共にするとき、オーガスティンは相手の名前など気にしない。実際、彼はよく私に、自分に必要なのはセックスに意欲的な温かい体だけだと言っていた。私がそういう体になっていけない理由はない。

ただし、一つだけ確かなことがあった。それは、もし今ウィニフレッドが決断しなければ、彼はベッドを出て、彼女は何も手に入らずに終わるということだった。これまでと同じく。

　また同じことの繰り返しかと思うと、ウィニフレッドは耐えられなかった。そこで手を伸ばし、脚の付け根に添えられた彼の手を上から押さえた。すると、温かな息が首筋をかすめたので、それを頼りに彼の唇の位置を探り当て、意を決してキスをした。

　イザヴェーレの国王、オーガスティン・ソラーリは、何かがおかしいと感じていた。しかし、いらいらしているせいで頭が働かず、それがなんなのか特定することはできなかった。

　というのも、ロンドン発の飛行機の到着が遅れるとの電話があったきり、フレディが舞踏会に現れなかったからだ。

　オーガスティンは、オックスフォードの旧友でアル・ダイラ国王のハリール・イヴン・アル＝ナザリの結婚を祝うために来訪していた。彼は表向き、パーティ好きで通っていたが、実際はパーティに耐えられるのはフレディがいるときだけだった。とりわけ公式のパーティは。

　人の名前を覚えるのが苦手で、フレディが耳元でささやいたり、会話の中に入れたりして、誰と話しているのかさりげなく教えてくれた。

　しかし今夜は、フレディがいないせいで、一時間前に起きたいつもの頭痛をこらえて舞踏会場に立っていなければならなかった。そしていつものように、酒のせいで少し具合が悪くなったふりをしたり、しなければならないスピーチの内容を頭の中でおさらいしたりしながら、親友やその王国に恥をかかせないよう努めた。

　幸い、大過なく役目を果たせたものの、大いに疲れ、そのせいで結婚祝賀舞踏会が終わる頃にはいらだちが高じていた。けっして珍しいことではないが。

　オーガスティンは気持ちを落ち着かせようと、酒を飲みながら会場の隅に引っこんでいたが、そこへ先ほど目配せをしてきた美女が現れた。セックスはいつも気晴らしになるので、絶好のタイミングだった。そこで、部屋に来ないかと誘うと、彼女はとても喜んだが、部屋に帰ってもなかなかやってこなかった。そのため、疲れていた彼は眠りこんでしまった。しかし、しばらくして女性がベッドに潜りこんできた瞬間、目が覚めた。

　女性は生まれたままの姿で、石鹸《せっけん》とシャンプーの香りがした。長い髪が湿っていたので、シャワーを浴びたのだろう。ところが、舞踏会場での彼女は話し好きで熱心だったのに、ベッドに潜りこんできた彼女は一言も発せず、身じろぎもしない。触れても応じるそぶりは見せなかった。

　それは、すでに不機嫌だったオーガスティンの気分をさらに悪化させた。なぜなら、乗り気でない女性とセックスをするつもりはなかったからだ。もし気が変わったなら、できるだけ早く伝えてほしかった。多くの女性たちとベッドを共にしてきた彼にとって、女性に求められているかいないかを見極めるのは造作もなかった。

　オーガスティンがおなかに手を添えた瞬間、彼女の息遣いが変わった。脚の付け根に指を滑りこませると、彼女は脚の力を緩めた。そして、すぐに潤い始め、身を震わせた。

　石鹸の香りの下から立ちのぼる繊細で麝香《じゃこう》のような匂いは、彼の五感をいちじるしく刺激し、欲望のあかしを張りつめさせた。それは匂いに限らなかった。

　男女の間に生じる肉体的な化学反応について知りつくしているオーガスティンは、今まさにその化学反応が生じていることに気づいた。すぐにでも彼女を組み敷いて、その中に我が身を沈めたかった。

事故がオーガスティンからすべてを奪って以来、彼は自分の人生をコントロールしてきた。寝室においてさえも。そして、自分をコントロールできていないと感じるのは好きではなかった。だから、もしかしたら、その感覚が彼を躊躇《ちゅうちょ》させたのかもしれない。あるいは、舞踏会場でじゃれ合っていたときにはなかった何かを感じたせいかもしれない。

それがなんであるにせよ、彼女がこれを本当に望んでいるのかどうか確かめる必要があった。

だがそのとき、彼女は脚の付け根を覆っていたオーガスティンの手を押さえ、首を巡らせて彼の口にキスをした。

柔らかく、熱く、甘いキス。アルコールの味がしなかったのは、彼女が歯みがきに使ったミントのせいだろうか。

彼女の唇は温かく、つややかで、まだ何か違和感を覚えたものの、それがなんなのか思いつかなかったし、今は考えたくもなかった。彼の指に伝わる彼女の湿った襞《ひだ》の感触、興奮した女性の匂い、空気中にほとばしる火花、二人を包む熱気——すべてが頭の回転を鈍らせていた。

オーガスティンがキスの主導権を奪い、舌を彼女の口の中に入れてより深く探ろうとしたとき、彼女は再びキスをしながら、脚の付け根を覆う彼の手に重ねていた自分の手に力を込めた。

彼女がもらす吐息にも、体から立ちのぼる繊細な匂いにも、なぜかなじみ深いものがあり、それがオーガスティンを悩ませた。

だが、それが重要なことなのか？

いや、どうでもいい。彼はそう思い始めていた。闇の中ではどんな体も同じだし、楽しんでいる最中に、誰がそんなことを気にするだろう？

彼女はオーガスティンの口元で柔らかなうめき声をあげ、腰を浮かせた。その声も、動きも、言いよのないほどエロティックで、彼は思わず、手を引き抜いて腿に滑らせた。そして膝の後ろをつかんで彼女の片足を持ち上げて脚を開かせた。

身を震わせてあえぎ声をあげた彼女は小柄で、予想していたより華奢《きゃしゃ》で、それでいて豊かな曲線を持っていた。下腹部に押しつけられた彼女のヒップの柔らかさは心地よく、完璧に彼にフィットした。

オーガスティンは彼女の首筋に顔をうずめ、その魅惑的で懐かしい匂いを吸いこみながら、再び脚の付け根に手を戻し、彼女の柔らかく湿った襞をかき分けた。

彼女は震えた。

その理由はわからないが、想像していた以上にエロティックな展開だった。

オーガスティンは彼女の首筋から口を離し、彼女の柔らかく湿った部分に欲望のあかしを押し当てた。

彼女が身をこわばらせた。

「本当にいいのか？」彼は念を押した。「だったら、〝イエス〟と言ってごらん」

彼女はまだ木の葉のように震えていて、答えるのに時間がかかった。

やがて彼女は息をついてから言った。「イエス」

たった一言だが、その声は明らかに、オーガスティンがさっき話していた女性とは違っていた。

つまり、この女性は、舞踏会場で戯れ合っていた相手ではない。そして僕は、どこかで、なんらかの理由でこの女性に会ったことがあるはずだ。彼女も僕のことを知っているに違いない。なぜなら、こうして僕のベッドに潜りこんで、体を触れさせているのだから。

オーガスティンはけっしてためらうような男ではなかった。彼は自分が何者で、何ができるかを知っている。王としては平凡かもしれないが、女性に快楽を与えることにかけては相当に長《た》けていた。女性が積極的であるなら、彼はけっして〝ノー〟とは言わなかった。

なのに今、彼はためらっている自分に気づいた。

しかし、待ちくたびれたのか、彼女が突然ヒップを揺らし始めた。

「待ってくれ」オーガスティンはうなるように言い、ベッドサイドのテーブルに置いておいた避妊具に手を伸ばした。数秒で装着し、彼女の腰をつかむなり、背後から貫いた。湿った襞がきつく欲望のあかしを包みこむ。彼女はあえぎ、ぶるぶると震えた。

ああ、なんとすばらしい。オーガスティンは胸の内でうめいた。信じられないほど彼女の中は心地よかった。彼は常にゆっくりと、できる限り長い時間をかけて行うのが好きだった。セックスに関しては、自分の体とその反応を完璧にコントロールできると自負していた。

ところが、この女性は勝手が違った。自分の動きを制御できず、彼女をしっかりと抱きしめながら、夢中で抜き差しを繰り返すばかりだった。オーガスティンは何も考えずに体を動かし続け、彼女の顔を自分のほうに向かせた。濃密なキスをして、甘く繊細な味を追い求める。

闇の中、二人の間には熱気だけがあり、それがますます熱くなる。オーガスティンは、彼女の口の柔らかさと、欲望のあかしを締めつける彼女の感触に溺れた。

だが、長くは続かなかった。

衝撃的な速さでオーガスティンは限界に近づいていることに気づいたが、彼女が息を切らしながらしがみついてきたとたん、彼女も同じだと悟った。そこで、オーガスティンは精いっぱいの情熱を込めて欲望のあかしを奥深くまで突き立てた。彼女が彼の口に向かって叫び、大きく身を反らした。

次の瞬間、彼もまた激しい快感の雪崩にのみこまれ、自らを解き放った。

　オーガスティンは彼女の温かな首のくぼみに顔をうずめて我を忘れ、現実の世界が戻ってくるまでしばらく時間がかかった。そんなことは、宮殿のメイドの一人を誘惑したティーンエイジャーの頃以来だった。

　彼女はまだ震えていた。そして彼の腕の中で体の向きを変えると、両手で彼の顔を包んでキスをした。そのときオーガスティンは、彼女が何者か突き止めるために闇の中で会話をするよりも、もっと魅力的なことがあると思った。彼が眠りに就いたのは、夜明け近くになってからだった。

　目が覚めたとき、彼女は姿を消していた。

2

三カ月後

　シンガポールにあるラッフルズ・ホテルのバーは、ウィニフレッドの指示で一般客は立入禁止となり、客はたった一人しかいなかった。その男性客は金色に磨きあげられたバーのカウンターの前に座り、バーテンダーと話している。バーテンダーは、スツールに座っているイザヴェーレ国王に対する畏敬の念も忘れ、二十世紀初頭にこのホテルで発明されたシンガポール・スリングというカクテルの歴史について夢中で話していた。

　邪魔をしたくないので、ウィニフレッドは二人の話が終わるまで待つことにした。そのおかげで、彼女は勇気を振り絞る時間とオーガスティンを観察する時間を持つことができた。

オーガスティンが言ったことにバーテンダーが笑うのを見て、ウィニフレッドもほほ笑みたくなった。オーガスティンは人づき合いが上手だった。とても魅力的な社交家で、話術も巧みだから、人々はつい彼が一国の王であることを忘れ、友人のように接してしまう。

プレイボーイという評判にもかかわらず、イザヴェーレの国民はそんな彼を愛していた。そして、ウィニフレッドも彼を愛していた。

バーの薄明かりが彼の暗褐色の髪を金色に輝かせている。白のビジネスシャツは彼の広い肩に、濃紺のウールのズボンは彼の力強い腿に、それぞれぴたりとフィットしていた。

同じ明かりがオーガスティンの顔の美しいラインや筋の通った鷲鼻《わしばな》、高い頬骨を照らし出す。カリスマ的な笑みを浮かべながらバーテンダーと話す口元は、官能的な曲線を描いていた。

彼のその笑顔は相手に致命傷を与える武器であり、彼はその武器を惜しみなく使って、会う人すべてをとりこにした。しかし、ウィニフレッドには笑顔を見せなかった。それでいいのだ、と彼女は思った。なぜなら、オーガスティンの笑みの大半は仮面で、彼女の前ではその仮面をつける必要がなかったからだ。オーガスティンは彼女と一緒にいるとき、自分以外の何者にもならなくてよかった。

あなたは、彼のそういうところに気づいてはいけないのよ。心の声がとがめる。

ウィニフレッドは胸を締めつけられた。

彼のベッドで過ごした一夜を忘れることができると思ったあの日から、もう三カ月がたった。なのに、いろいろな出来事があったにもかかわらず、彼女はあの夜のことばかり考えていた。

忘れなければならない。私の仕事と妹たちの将来がかかっているのだから。

ウィニフレッドがここで彼と話すのを待っている理由は、まさにオーガスティンと一緒に過ごした夜にあった。手のひらは汗ばみ、緊張の糸が腹部の中に張り巡らされていた。

彼女は半年間の休暇を申請した。彼はそんなに長い休暇を与えるつもりはないだろうが、どうしても半年間の休暇が欲しかった。その理由は……。

今朝、スカートのファスナーを半分しか上げられなかったとき、ウィニフレッドはこれ以上先延ばしにはできないと悟った。ボスに気づかれてしまう。彼の子を妊娠していることを知られるわけにはいかない。知られたら、すべてが台なしになる。あの舞踏会の夜、ベッドにいたのは自分であることを、彼女はボスに黙っていた。そして、妊娠したことを三カ月も隠していた。間違いなく、彼は激怒し、彼女を解雇するだろう。同時に、妹たちの将来のために貯蓄をする機会も失われる。

それに、自分が父親になるという知らせをオーガスティンが歓迎しないのは間違いない。彼は常々、子供はいらないと明言していたからだ。そのため、ウィニフレッドは妊娠していることを伝えるかどうか悩んだすえに、伝えるのをやめた。

自分と同じように、我が子が子供を欲しがらない親のもとで育つのは耐えられなかった。ウィニフレッドの母は子供なんか欲しくなかったと口癖のように言い、娘たちの養育に関心がなかった。もし母が娘たちのことを気にかけていたなら、母の恋人のアーロンも妹に手を出そうとは思わなかっただろう。

もっとも、ウィニフレッド自身、自分が優れた母親になれるとは思っていなかった。なぜなら、彼女は母と同じ犯罪者だったからだ。なんとかして、この負の連鎖を断ち切らなければならなかった。

　今、オーガスティンが彼女のほうに顔を向けた。ライトに照らされた髪をさらに金色に輝かせ、青緑色の目で彼女を見ている。もうほほ笑んではいない。口元は険しく引き結ばれ、目の奥には驚異的な知性のきらめきが見て取れた。

　息をのむような美しさだ。

「どうしたんだ、フレディ？」オーガスティンは人を惑わす、甘く深みのある声で尋ねた。「念のために言っておくが、今夜はきみは必要ない」

　オーガスティンはアメリカへの公式訪問を終えたあと、急にシンガポールに行きたくなったらしく、寄り道をした。当初、ウィニフレッドはイザヴェーレに戻ってから休暇の話をするつもりでいたが、シンガポールにいつまで滞在するかわからないうえ、帰国後のスケジュールも定かでないため、今すぐに話したほうがいいと思った。実際、彼に話すのは早ければ早いほどいい。

「すみません」ウィニフレッドは勇気を振り絞って切りだした。「ちょっとお願いしたいことがあって……ものの数分ですみます」いったん言葉を切ってから言い添える。「個人的な件で」

　オーガスティンはまっすぐな眉の片方をいぶかしげに上げた。それからバーテンダーに向かって申し訳なさそうな顔をした。「すまないが……」

　彼が言い終える前に、バーテンダーは短くうなずき、店の奥へと姿を消した。

　ウィニフレッドは、その朝急いで買った伸縮性のある黒いスカートで手のひらを拭いたい衝動に駆られた。「ありがとうございます」

　オーガスティンはスツールに腰かけ、片方のかかとを下の段に、もう一方を床につけた。そしてカウンターに肘をつき、上着を無造作に隣のスツールに放り投げた。白のビジネスシャツの首元を開け、ノーネクタイ、袖をまくった姿は、ゴージャスとしか言いようがなかった。

彼にうつつを抜かすのはやめなさい。理性の声が警告する。

ええ、そのとおりよ。ウィニフレッドは胸の内で応じてから、勇気を出して彼の視線を受け止めた。そして、ほかに言いようがなかったので、単刀直入に言った。「半年間の休暇が欲しいんです」

彼は表情を変えずにきき返した。「今なんと？」

「半年間の年次休暇を取らせてください」彼女は繰り返した。「私にはその権利があると思います」

オーガスティンの目が細められ、探るように彼女の顔をのぞきこんだ。「半年も？　本気か？」

ウィニフレッドは、緊張の糸が体内に張り巡らされていくのを感じた。これこそが、休暇の申請をぐずぐずと遅らせた要因の一つだった。

〝いえ、大丈夫です。半年も必要ありません〟という言葉が喉から出かかったが、なんとか押しとどめ、ウィニフレッドは代わりにこう言った。「まるで私が月でも求めているかのような反応ですね」

「月を配達してもらうほうが簡単かもしれない」オーガスティンは淡々と返した。

「私が六カ月の休暇を取得できる権利を有していることは、契約書に記された規定から明らかです」

彼はしばしの沈黙のあと、バーテンダーのつくったカクテルに手を伸ばした。色は濃い赤で、見るからにアルコール度数が高そうだ。オーガスティンは彼女に鋭い視線を注いだまま、一口飲んだ。眉間にかすかなしわが寄っている。光がまぶしすぎるときどき襲ってくる頭痛の兆しではないことをウィニフレッドは祈った。

だが、バーにいるということは、今の彼は闇と静けさを必要としていることを意味する。十年近く前、父親を亡くしたときの交通事故で負った頭部外傷の後遺症にいまだに苦しんでいることは誰も知らない。彼はそのことをひた隠しにしていた。イザヴェーレの国王は、強くあらねばならないという信念のもとに。

「なぜだ?」彼は鋭い口調で尋ねた。「半年も休みが必要になるなんて、何をするつもりだ?」

ウィニフレッドは胸の内でひそかに悪態をついた。ボスが与えたくないものを率直に求める前に、彼の気分を確かめるべきだった。痛みに耐えているときのオーガスティンは気難しく、私が答えたくない質問ばかりしてくるに違いない。

「この五年間、一度も休暇を取っていません」彼女はきっぱりと答えた。「このところ比較的落ち着いた状況が続いているので、今なら休暇を取っても問題はないかと」

「休暇が欲しいなら、来週、取ればいい」オーガスティンはカクテルをもう一口飲んだ。「フレディ、一週間ならかまわないが、それ以上は無理だ」

もちろん、そうだろう。ウィニフレッドは自分が彼にとってかけがえのない存在になるよう仕向けてきたのだから。言わば自業自得と言っていい。スケジュールの調整、宮殿のスタッフとのやり取り、メールの処理、手紙の執筆、さまざまな報告書や資料の整理――それらすべてを彼に代わってこなしてきた。彼女がいなければオーガスティンの公務に支障が出るのは当然だった。

もっとも、ウィニフレッドがそうせざるをえなかったのは、ほかならぬオーガスティンに原因があった。というのも、頭部の損傷により、彼は読み書きができなくなり、長時間にわたって何かに集中するのも難しくなったからだ。加えて、光過敏症、疲労、頭痛、短気にも悩まされていた。そうした事故の後遺症を彼がずっと隠し続けていることが、事情をいっそう複雑にしていた。彼の父のピエロは、王たるものは強くあらねばならないと信じ、当然ながらオーガスティンもその信念を受け継いでいた。

誰一人として彼の障害の程度を知らなかった。ウィニフレッド自身、この仕事を引き受け、きわめて厳格な秘密保持契約《NDA》に署名したときに初めて知ったのだ。彼女は衝撃を受けた。彼の後遺症そのものより、長い間それを隠すのに成功していたことに。しかし、彼は同情されるのを嫌い、その件について話すことはなかった。

ウィニフレッドは事故について、報道されたこと以外は知らなかったし、詳細を彼に尋ねるのははばかられた。とはいえ、そのことが今回の事態をより困難なものにしていた。彼女はある男性を自分の後任候補とするつもりでいたが、彼はオーガスティンが抱えている問題を知らない。彼女が復帰する半年後まで王の秘密を守り通すのは不可能に思えた。

「申し訳ありません」ウィニフレッドは平静を保とうと努めながら言った。「でも、どうしても半年間の休暇が必要なんです」

半年あれば、イザヴェーレの葡萄畑《ぶどうばたけ》が広がる南部に立つ小さなコテージに行き、そこで人目につかないように残りの妊娠期間を過ごせる。すでに助産婦を雇い、近くには病院もあった。そして、半年の間に、ウィニフレッドが自ら作成した養子先のリストを見直せる。彼女はすでに、我が子に最高の人生のスタートを切らせてくれそうな家庭の候補をいくつか選んでいた。

でも、本当に赤ちゃんを手放せるの？

胸に鋭い痛みが走ったが、無視した。妊娠検査薬で陽性反応が出た瞬間から、ウィニフレッドは子供を自分の手で育てられないことを知っていた。そのため、王宮の自室でバスタブの縁に腰かけ、しばらく落ちこんだ。なぜなら、こんなことはあってはならないから。オーガスティンは精管切断術——パイプカットの手術を受けていた。そのことを知っているのは、彼女が手術の予約をしたからだ。さらにあの夜、彼は避妊具も使った。なのに妊娠するなんて。

あなたはセックスの結果なんか考えなかったでしょう？　心の声が意地悪な問いを発した。

そのとおりだ。あの夜、ウィニフレッドはオーガスティンのこと、そして彼が与えてくれる快楽のことしか頭になかった。

欲望に身を任せるべきでなかったのは確かだけれど、今さら悔やんでも、妊娠したという事実が覆ることはない。だとしたら、産み落とした我が子を、赤ちゃんを欲しがっている誰か、自分よりも上手に育てられる誰かに委ねるしかない。汚れた血の連鎖を断ち切らなければならないのだから。

オーガスティンにも子供という重荷を背負わせるわけにはいかない、とウィニフレッドは思った。それでなくても彼は大きな重荷を背負っているのに、望んでいなかった子供というストレスを抱えさせるのは、あまりに酷だった。

オーガスティンの表情が硬くなり、眉間には緊張によるしわが刻まれた。

ウィニフレッドは胸を締めつけられた。彼は人々のために多くのことを成し遂げてきた。彼が毎日どんなに苦労しているか、誰も知らない――ウィニフレッドを除いては。彼女は彼の眉間を撫《な》で、緊張をほぐしてやりたかった。

けれど、今はできない。たとえ本能に逆らっても、半年間の休暇を取らざるをえなかった。その結果、彼が苦境に立たされる羽目になっても。

「僕が〝ノー〟と言ったのが聞こえなかったのか、フレディ？」カシミアのように耳触りがよくて柔らかな声がウィニフレッドの肌をざわつかせた。「きみは半年間も休めない。これが最終決定だ」

彼に言うべきよ。心の声がそそのかす。さっさと白状したら？

無理よ。そんなこと、できるはずがない。オーガスティンはあの夜、ベッドにいた女性が私だとは知らないのだから。もし知っていたら、翌朝、顔を合わせたときに何か言ったはずだ。彼はただ私を見つめただけで、目の下の隈《くま》にも気づかず、遅刻して舞踏会に間に合わなかったことを責めた。

そして、オーガスティンが一夜を共にした女性とウィニフレッドを結びつけていないことが明らかになったとき、彼女が抱いたのは安堵感《あんどかん》だけだった。彼女のささやかな秘密は守られ、自ら築いた人生は安泰だった。カリフォルニアの砂漠のトレーラーパークで育った少女とはなんの関係もないかのように。

それに、妊娠していることを打ち明けても、彼は容易には信じないだろう。赤ちゃんが自分の子だとは知らないし、彼の下で働いていたこの五年間、私が恋人をつくる時間などなかったことを彼は知っている。恋人がいるそぶりを見せたこともない。

一夜限りの関係で妊娠したと言うのも、気が進まない。不注意で無責任な女だと思われるのがおちだ。事実はそのとおりなのだけれど。

だったら、彼に事実を言えば？　意地悪な声がささやく。あなたの子供を身ごもっていると？

オーガスティンは子供が欲しくない理由をウィニフレッドに説明したことはない。ただ、パイプカットの予約を彼女に頼んだとき、当分は子供をつくる予定はないと断言した。脳の損傷と何か関係があるらしいと思ったが、推測にすぎなかった。

いずれにせよ、明らかなことが一つあった。それは、おなかの子が彼の子だと告白したら、彼は今以上に困難な状況に陥るということだった。ウィニフレッドはそんな事態は望んでいなかった。

しかし、真実を伝えなければ、必要な休暇を得るのは不可能に思えた。「いいえ、ボス」彼女は鋼のように鋭い声で反論した。「一週間では足りません。六カ月の休暇が必要なんです」間をおき、決然とつけ加える。「妊娠しているので」

オーガスティンはまたも頭痛に襲われた。マリーナ・ベイ・サンズの展望台ツアーはすばらしかったが、一日ずっと太陽の下にいたため、その影響もあるのだろう。自分のスイートルームに戻りたくてたまらないが、首相との面会が控えていたので、そういうわけにもいかず、バーに陣取っていたのだ。ほかの客を追い出してもらって。バーテンダーは愛想がよく、特別なカクテルをつくってくれ、頭痛を和らげるのにいくぶん役立った。

そこへフレディが現れた。妊娠しているので半年間の休暇が必要だという。

この一年で生じたすべての出来事の中で最も衝撃的だった。フレディが妊娠しているなど、夢にも思わなかった。

呆然《ぼうぜん》としながらも、オーガスティンは無意識のうちに彼女を観察していた。

スツールに腰かけた彼の傍らに立ち、優雅で長い指を胸の前で組み合わせている。身につけているのは膝丈のスカートにそろいのジャケット。彼女の服装はいつも同じで、ただ色が違うだけだ。ジャケットは通常、グレーのウールだが、黒やネイビーのときもある。ブラウスは白、黒、紺の無地で、タイツは黒が多い。足元はプレーンでローヒールのパンプス。これも黒が多い。

ブロンドの髪はうなじのあたりでお団子にしている。顔はハート形で、見た目は美しいが控えめで、目立った特徴はない。それは彼女のすべてについて言えることで、フレディは至って平凡な女性だった。ただ、目はとても黒くて大きく、柔らかなベルベットのようだった。

おそらく彼女は美人なのだろうが、オーガスティンは女性としてほとんど意識していなかった。フレディは彼のPAであり、冷静沈着かつ几帳面《きちょうめん》で、いつでも彼の要求に応えてくれていた。

彼女はけっして反論も抗議もしなかった。オーガスティンの秘密をすべて知っていて、彼の欠点もすべて把握していた。オーガスティンが何を望んでいるのか当人が知るより先に彼女が知っている場合さえあった。

あらゆる面で完璧なPAだった。

ただし、本当に完璧なアシスタントなら妊娠することはない、とオーガスティンは思った。彼女の存在が僕の人生を円滑に進めるために不可欠な場合は。

今日、フレディはいかにも安っぽい、伸縮性のある素材の黒いスカートをはいていた。グレーの上着とちぐはぐな感じがするので、新調したのだろう。今朝はそれに気づかなかったが。

そして今、オーガスティンは彼女を直視し、観察していた。体全体が以前よりふっくらしているのは確かだ。ジャケットでうまく隠してはいるが。

〝妊娠しているので〟——その言葉は、まるで生まれて初めて聞いたかのように、彼の耳に奇妙に響いた。「きみが妊娠しているというのか？」

フレディはいつもの穏やかな表情で彼の視線を受け止めた。「はい。今……三カ月です」

彼は自分の手がクリスタルのタンブラーを必要以上に強く握りしめていることに気づいた。四角い縁が手のひらに食いこんでいる。目の奥がずきずきと痛んだが、慣れていたので無視することができた。

「妊娠したことを僕に知らせるのに三カ月もかかるとは、ずいぶん長く待たされたものだな」

オーガスティンは、オックスフォード大学時代の二人の友人、カリテラのガレン・クーロス王とアル・ダイラのハリール・イヴン・アル＝ナザリ王が相次いで結婚したことに驚いていた。しかし、控えめなＰＡの妊娠にはそれ以上に驚いた。

「三カ月待たなければいけなかったの」フレディは一語一語確かめるように言った。「妊娠の初期段階は何が起こるかわからないので」

もちろん、そのことは知っているが、オーガスティン自身は子供を持つつもりはなかった。あの事故のあとでは。父親どころか、王にもなれない。字も読めない王がどこにいるだろう？　何もかもフレディに頼っているのに。実際のところ、国を動かしているのは彼女だと言っても過言ではない。

彼女なしにどうやって王としての役目を果たせるというんだ？

「それで、今は順調なのか？」オーガスティンの声は意図した以上に鋭さを帯びた。それを抑えるほどの気力が今の彼にはなかった。

フレディはうなずいた。「ええ」

彼はタンブラーを上げて一口飲み、アルコールが癒やしの魔法をかけてくれるのを待った。フレディが妊娠しているのなら、ある時点で恋人がいたはずだ。その恋人とセックスをしたのだろうが、その光景と控えめなＰＡを結びつけるのは難しかった。

「つまり、きみは結婚しているのか？　それとも僕の知らないパートナーがいるのか？」きみは家族がいるとは言っていなかった。ちなみに、僕はそれをありがたいと思っていた」オーガスティンは疲れていて、鎮痛剤が必要で、忍耐力は限界に達しかけていた。とりわけ、彼のきわめて大切な秘書が妊娠しているという予期せぬ知らせを聞いたあとでは。

おまえは彼女を祝福するべきだ。内なる声が警告した。部下に子供が生まれると知ったら、普通のボスはそうするものだ。

だが、オーガスティンは普通のボスではなかった。彼は王だった。しかしそれとは別に、フレディが妊娠していると知って、奇妙なショックを受けた。それはほとんど独占欲に近い感情から生じたように思え、彼は戸惑った。確かに仕事上は独占していると言っていいが、もし彼女が夫やパートナーと子供をつくると決心したなら、異を唱える資格はない。

フレディが足を小刻みに動かし、拳に握っている指の関節が白くなっていることに、彼は気づいた。必死に動揺を抑えているのだ。

彼女は人間だ。おまえはそれを知っているのか？ 彼女には感情がある。

もちろん、オーガスティンは知っていた。ただ、フレディの気持ちについてはほとんど考えたことがなかった。その必要がなかったからだ。しかし、彼女は間違いなくこの件に関して感情を抱いている。そして、それが喜びでないのは明らかだ。

「妊娠するつもりはなかったんです」彼女はためらいがちに言った。「だから、自分でもとても驚いているし……夫もパートナーもいません」

「そうか。きみが妊娠していることにまったく気づかなかった」オーガスティンは苦々しさを抑えられなかった。「どうやらきみの人生に大切な人がいたことを見逃していたようだ。すまない」

つまり、僕のPAは聖母マリアではなかったわけだ。それにしても、相手の男は誰なんだ？ 僕はその男と面識があるのだろうか？ だが、彼女が自分のことを話すことはないから、知るよしもない。

おまえは彼女に自分のことを話すよう頼んだことはないだろう？ 内なる声が皮肉った。

ああ、もちろん頼んだことはない。フレディはあくまで僕のPAであり、私的なことを知る必要はなかったからだ。彼女の唯一の仕事は、僕の指示どおりに動いて僕の国家運営を助けることだ。

「いいえ」彼女はぽつりと言った。「私の人生に大切な人なんていません。妊娠は……まったく予想外の出来事だったんです」

「予想外の出来事……」彼は繰り返した。再び彼女の拳の白くなった指の関節に目が行く。「つまり、きみは妊娠を望んでいなかったのか？」

彼女の頬がぴくりと動いた。「さっきも言いましたが、計画していたわけではないんです。でも、産むつもりです……」

オーガスティンの中で何かうごめくものがあり、不安がこみ上げた。彼女が動揺しているのは間違いない。今の彼は文章を読むことはできなかったが、人の気持ちを読むのは得意だった。そして、白くなった指の関節が彼女の気持ちを代弁していた。

「怪我《けが》はなかったのか？」オーガスティンは鋭い口調で尋ねた。もし彼女が誰かに暴行されていたらと思うと、胸を締めつけられた。

フレディの黒い目が見開かれた。「いいえ、あなたが想像しているようなことはなかったの。彼とは……一夜限りの出来事だったんです」

一夜限りの出来事――その言葉は彼の心に奇妙な爪痕を残した。フレディは何をするにも正確で、秩序立っている。いつも用意周到だった。だから、一夜限りの関係を結ぶときも同じだろうと、オーガスティンは漠然と思った。計画外の妊娠などありえない。そうだろう？

「一夜限り？　つまり……その相手は、避妊を忘れていたのか？」オーガスティンは頭痛に顔をゆがめながら尋ねた。

フレディはさらに顔を赤くしながらも、彼の異変に気づいて心配そうにきいた。「鎮痛剤を用意しますか？　頭が痛いんでしょう？」

オーガスティンは目を細くした。フレディは突っこんだことをきくなと警告しているのか？「いや、大丈夫だ。それより、相手は誰なんだ？　その幸運な男は？」誰かが僕の秘書を欲し、ベッドに連れていって体を重ねたのだ——そう思っただけで、彼の胸はひどくざわついた。

「申し訳ありませんが、ごく私的なことに関してはお答えできません」

彼女の声は少しかすれていて、奇妙にもオーガスティンはその響きに懐かしさを覚えた。どこで聞いたのかは思い出せないが、聞いたことがあるのは間違いなかった。

オーガスティンはその感覚を振り払った。「確かに。僕はただ、きみのような女性が、計画外の妊娠につながるようなセックスをしたというのが信じられないんだ」彼は知らず知らず再び彼女の手を見ていた。視線を感じたのか、フレディは手を後ろにまわした。興味深い。彼女は何かを隠している。それはいったいなんだ？

おそらく計画外の妊娠に動揺しているのだろう。僕の単なる推測にすぎないが。

昔はオーガスティンも他者の気持ちを考えたことがあった。だが、あの事故以来、利己的になった。頭の怪我《けが》は、尊敬し、慕っていた父親を失った悲しみや、偉大な父の後継者である自分が脳に損傷を負ったショックで、回復が遅れた。そして、自分が完全に回復することはないと知り、父が望んだような後継者になることも、祖国にふさわしい王になることもないと悟った。

それからは、他人の気持ちを考える余裕もなければ気力もなかった。しかし、オーガスティンは今、以前は気にしたこともなかったフレディの気持ちを気にかけていた。

彼女の表情からは何も伝わってこなかった。そのとき、オーガスティンはフレディのことを何一つ知らないことに気づいた。それが重要なことだとはこれまでは思わなかったからだ。今は違う。彼は好奇心に駆られていた。彼女の妊娠についてもう少し掘り下げて、いくつかの答えを得る必要があった。

「あなたが信じようと信じまいと、私は妊娠しています」フレディはきっぱりと言った。「半年間の休暇をもらえるかどうか、教えてください」

「だめだ」彼は反射的に応じた、「半年間もきみを休ませることはできない。不可能だ、フレディ。きみだってわかっているはずだ」

「私に代わる人材を用意しました」

「だめだ」オーガスティンは繰り返し、タンブラーを手に取って残りのカクテルを飲み干した。「妊娠中も僕の下で働き続けることはできる。ほかのスタッフの目が気になるなら、心配無用だ。気まずい質問をされないよう僕が取り計らう」

彼女の唇が引き結ばれるさまに、オーガスティンは見入った。さながら完璧な薔薇《ばら》のつぼみだ。誰がその唇にキスをし、味わったんだ？

ばかな。オーガスティンはかぶりを振った。なぜフレディの唇が気になるんだ？　誰が彼女にキスをしようと、僕には関係ない。好奇心を示すなんてどうかしている。まして独占欲が湧き起こるなどありえない。彼女が妊娠したことはさしたる問題ではない。きちんと仕事をこなしてくれればそれでいい。

問題は三カ月前のあの夜だろう。またも内なる声が口を挟んだ。あれ以来、おまえは変わった。

図らずも、アル・ダイラで開かれた舞踏会の夜の記憶がよみがえった。

ベッドに潜りこんできてオーガスティンに絡みついた見知らぬ女。その繊細で麝香《じゃこう》のような匂いに、異様な興奮を覚え、シルクのようになめらかな体を一晩中、貪り続けた。

その情事の記憶になぜ何度も浸るのか、オーガスティンは自分でもわからなかった。同じような女性と、ときには複数の女性と、文字どおり何百回もめくるめく夜を過ごしたのに、繰り返し思い出されるのはあの夜の情事だけだった。そして、自分の手で自らを慰撫《いぶ》するために、その記憶を再生して楽しんだ。この三カ月間、彼は忙しく、気軽な情事相手と過ごす暇もないし、その気にもなれなかった。

いずれにせよ、あの夜の出来事はフレディとはなんの関係もなかったので、オーガスティンは頭の中から締め出した。

「でも、私は……」フレディがまた話し始めた。

しかしオーガスティンはこの会話にうんざりしていた。頭痛はさらにひどくなり、バーの薄暗い照明でさえつらくなってきた。彼には闇ともう一杯のカクテル、さらに孤独が必要だった。

「明日の飛行機の中で話し合おう」彼はそっけなく言い、バーのスツールから下りてジャケットを手に取った。「今夜はこれで失礼するよ」

フレディを一人残し、彼はバーを出ていった。

3

ウィニフレッドはノートパソコンの表計算ソフトを凝視していた。一日ずっとつきまとわれていた疲れのせいで、スプレッドシートがぼやけて見える。最初の三カ月が過ぎれば体調は回復すると思っていたが、今日は違った。飛行機のエンジン音は昨夜の睡眠不足と相まって、疲労を募らせるばかりだった。

彼女の脳はしつこく、シンガポールのバーでのオーガスティンとの会話を何度も再生した。

妊娠のことを話せば、気まずい質問をされずにすむと思ったのに、あてが外れた。オーガスティンは容赦なく鋭い視線をウィニフレッドに注いだ。一度もそんなふうに見られたことはなく、彼女はうろたえた。もちろん、彼が発する質問にも。

オーガスティンがなぜ突然、妊娠の詳細に首を突っこんできたのか、彼女にはわからなかった。そして彼は明らかに、ＰＡが長期休暇を取ることに不安を抱いていた。

怒りを買うのは覚悟していたが、まさか、いつ誰とどのように、という妊娠に関する質問に対しては虚を突かれた。

オーガスティンは明らかに怒っていた。目には怒りの炎がちらつき、声にもその気配があった。だからあんな質問を発したのだろう。彼は疲れているうえ頭痛に苛《さいな》まれていたし、彼女の妊娠によって政務に支障が出るのを恐れているのだ。

ウィニフレッドは目を閉じ、額をこすった。

自分の人生における大切な男性について、私はもっと嘘《うそ》をつくべきだったのだ、とウィニフレッドは悔やんだ。恋人や夫の存在を捏造《ねつぞう》し、この妊娠は完全に計画されたものだった、と。そうしていれば、オーガスティンはさほど好奇心をかきたてられなかったに違いない。けれど、これまで築きあげてきた偽りのもろい土台に、さらに嘘を重ねることに抵抗があったのだ。

とりわけ、自分のおなかにいる子供が彼の子である場合は。

それこそが真の問題だった。人生で最もすばらしい一夜を与えてくれた男性が、私の目の前に立っていた。しかも彼は、私が身ごもっているのが自分の子供だと気づいていない。もし彼が真実を知ったら、何もかも台なしになってしまう。だから、私は嘘をつかなければならなかったのだ。

ああ、最初から本当のことを言っていれば……。

ウィニフレッドはシートにもたれ、育ちつつある小さな命を抱きしめるように、おなかに手を添えた。

本来、彼女の人生に子供の居場所はないはずだった。妹のアニーを守るために銃を持ち出し、それを使ってしまった経緯を考えれば、ウィニフレッドが誰かを愛するのはかなり危険だった。なぜなら、彼女は愛する人のためなら、なんだってする女だから。人殺しさえ。

ウィニフレッドは喉をごくりと鳴らした。もうそんなことはしない。私にとって何より重要なのは、自分の子供が安全な環境で育つことだけ。そして、私が一緒にいたら、子供は安全ではなくなる。

オーガスティンに話すべきだったのだ。けれどウィニフレッドは、子供を守りたいのと同じくらい、彼を守りたかった。それでなくてもオーガスティンの日々は苦労の連続なのに、子供を持ったらさらに負担が増すだろう。子供の存在を知ったら、彼は責任をとり、いい父親になるために最善を尽くすと、ウィニフレッドは信じて疑わなかった。けれど、彼に今以上の努力をさせたくなかったし、自分の子供が彼のお荷物の一つになるのもいやだった。

赤ん坊を諦めるという選択肢は、ウィニフレッドにはなかった。赤ん坊にとって最善のことをしようと決めていた。

彼女には、かつて愛するものを諦めざるをえなかった苦い経験があった。アーロンの死後、母に別れを告げて家を出たとき、ウィニフレッドは妹たちを連れていった。置き去りにしたら、母の新たな恋人の餌食になるかもしれないと思ったからだ。しかし、彼女はまだ十六歳で、お金もなく、働こうにも妹たちは留守番させるには幼すぎた。そのため、社会福祉制度に頼らざるをえず、断腸の思いで妹たちを里親に出したのだ。

「フレディ、話し合いが必要だ」

あまりにも近くから声がかかり、ウィニフレッドは慌てて悲しい記憶を頭から締め出して目を開けた。

オーガスティンが向かい側のシートに座り、長く力強い脚を伸ばして足首のところで交差させていた。肘掛けに両肘をついて指を組み、青緑色の目で彼女を見ている。

今朝シンガポールの空港を飛び立って以来、彼に会っていなかった。オーガスティンが何人かと電話で話している間、ウィニフレッドはあまりにも多くの仕事を抱えていた。そうした状況を彼女は歓迎した。話す必要があることはわかっていたが、まだその気になれなかったからだ。一つ言えるのは、彼女のつかの間の休息は終わったということだった。

今日の彼はさほど疲れているようには見えず、頭痛も治まっているようだった。

「ええ、もちろんです」ウィニフレッドは立ち上がり、ノートパソコンを閉じた。

彼の黒い眉がぴくりと動いた。「疲れているようだな」

ウィニフレッドの背筋を小さな衝撃が走った。というのも、彼女が疲れていることにオーガスティンが気づいたためしはなかったし、彼女の体調がどんな具合か観察したこともなかったからだ。そのため、どう対処していいかわからなかった。「いいえ、大丈夫です。昨日、あまりよく眠れず、ちょっと寝不足なだけですから」

オーガスティンは顔をしかめた。「かかりつけの医者はいるのか？　助産師は？」

「ええ」

「それで、赤ん坊が生まれたら、どうするんだ？復帰してくれるんだろう？」

ウィニフレッドは胸の奥で何かがねじれるのを感じた。赤ん坊を養子に出すことは言いたくなかったし、その理由を説明するのはもっといやだった。自分が彼に嘘をついてきたという、より深い真実を明らかにすることを意味するからだ。そんなのは耐えられなかった。恥ずかしさのあまり、窒息死してしまいかねない。

「ええ、仕事に戻るつもりでいます」彼女は慎重に答えた。

「育児はどうするんだ？　復帰したあとのことはもう考えているのか？」

　質問が多く、ウィニフレッドは閉口した。どうしてそんなことを尋ねるのだろう？　彼はこれまで私のことにまったく興味を示さなかったのに、なぜ今になって？

「もちろんです」声がとがるのを彼女は抑えきれなかった。「赤ちゃんが私の仕事に影響を与えることはありません」静かに息を整えてから続ける。「ほかに質問はありますか？」

　何かに集中するかのようにオーガスティンの目が細くなった。質問ならたくさんあると言わんばかりに。「父親は誰なんだ？」

　さっきより大きな衝撃が背筋を走り抜けた。「なんですって？」

　オーガスティンは首をかしげ、彼女を凝視した。

「父親は誰なのかときいたんだ」

　疲れのせいか、それとも妊娠ホルモンのせいなのか、ウィニフレッドは考える間もなく、食ってかかった。もはや我慢の限界だった。「あなたには関係ないでしょう！」

　オーガスティンが呆然《ぼうぜん》として目を見開いた。これまで彼女はただの一度も、反論することも、声を荒らげることも、平静を失うこともなかった。最初は仕事を失いたくなかったし、彼に文句を言われたくなかったからだが、しかし、やがてそれ以上の理由が生まれた。彼の人生における癒やしの存在でありたいと思うようになったのだ。常に彼の味方でいたかった。

　ただし、ウィニフレッドは今、彼に戦いを挑んでいた。嘘に嘘を重ねて。

彼女が唯一オーガスティンに伝えることができたのは、真実は、妊娠しているということだけだった。

彼に関して言えば、ウィニフレッドは嘘をつき続けていた。オーガスティンに恋をするのは、彼女にとって最悪のことなのに、愚かにもそうなってしまった。五年間も続いた安全な暮らしのせいで、人が愛のためにいかに無謀になれるかを忘れてしまったからだ。それはまさに彼女自身が経験したことだった。

「いや、まさに僕の仕事に直結している」オーガスティンは気を取り直して反論した。「きみは僕の従業員だ。きみの子供の父親がいずれやってくるのか、そしてそのとき、きみの気が変わって僕のために働くのをやめるのか、僕には知る権利がある」

ウィニフレッドは膝の上で両手を強く握りしめた。質問に答えたくなかった。自分のことを解くべきパズルのようにオーガスティンに見られたくもなかった。彼はこれまで、彼女のプライバシーに踏みこんだ質問をしたことは一度もなかった。昨年インフルエンザにかかったときでさえ。彼はただ彼女を病院に行かせ、治るまで仕事に復帰しないようにと言っただけだった。

しかし、彼に必要とされていたので、完治する以前に復帰を余儀なくされたのだが、彼が体調を尋ねることはなかった。ただ彼女の復帰を受け入れ、処理すべき書類を手渡しただけだった。

だからこそ、なぜ彼が今これほどの興味を示しているのか理解できなかった。

もしかしたら彼は、あの舞踏会の夜にベッドを共にした相手が私ではないかと疑っているの？

いいえ、もし疑っているのなら、彼は問いただすはずだが、疑っているそぶりなど微塵《みじん》も見られない。それどころか、彼はあの夜のことをすっかり忘れているに違いない。

ウィニフレッドは我慢に我慢を重ねた。感情に流されるのは愚かだ。冷静沈着でいなくては。

「一夜限りのことだったと言ったでしょう。彼が今イザヴェーレにいるかどうかもわからないんです。さて、よろしければ、私はスプレッドシートの作成に取りかからせてもらえますか？」

「彼は相当な人物だったのだろうな」オーガスティンは彼女の問いを無視して、容赦のない視線を注いだ。「それで……どうだった？」

ウィニフレッドは頬が熱くなるのを感じた。ええ、よかったわ。胸の内でつぶやく。あの夜、彼女はすべてを忘れていた。自分がどこにいるのかも、自分が誰なのかも。そして今、その相手は目の前にいて、彼女には想像もつかない理由で、それを思い出させた。よくもそんなまねができるものだ……。

怒りがこみ上げ、彼女は反射的に答えた。「何がどうだったと？　でもまあ、たまたまだと思いますが、すてきでした。実際、彼は私の人生で最高の夜をプレゼントしてくれたんです。もっと詳細なレポートをお望み？　あいにく録画はしていませんが」

彼女の口調が気に障ったとしても、オーガスティンはおくびにも出さなかった。彼はしばらく彼女を見つめたあと、足を引き寄せて前傾姿勢になり、膝に肘をついた。「きみは彼を信頼していたわけだ。そして、もしそうなら、きみは彼のことをよく知っているはずだ」

ウィニフレッドはさらなる衝撃に襲われた。ようやく拭い去ったと思っていた恐怖がよみがえったのだ。彼に気づかれるのではないかという恐怖が。

もしオーガスティンが私の子供の父親が自分だと知ったら……。

けれど、それはさほど悪いことではないのかもしれない。ひょっとしたら、オーガスティンはその子を自分の子だと主張するかもしれない。そうすれば、私は我が子を養子に出さなくてすむ。

結局のところ、私の子供は王子か王女であり、王位継承者だ。それはオーガスティンにとって大きな意味を持つに違いない。父親の遺産を維持することは、彼にとって重要なことなのだから。

でも、とウィニフレッドは思った。オーガスティンは子供は欲しくないと明言し、パイプカットの手術を受けた。彼の人生は困難の連続で、彼女はすぐ近くでそれを見ていた。ここでもし妊娠の経緯を正直に告げたら、彼は私とベッドを共にしたという事実に向き合わなければならない。オーガスティンは私とは知らずにセックスをし、そして私が彼に何も言わなかったという事実に。彼は私を解雇しないかもしれないけれど、このままPAとして雇い続けはしないだろう。

すべてが変わってしまう。すべてが。

大切なのは、赤ちゃんが愛されること、そして赤ちゃんが私から離れたところで育つことだけ。

ウィニフレッドの目に涙がにじんだ。いずれにせよ、私は赤ん坊を手放すしかない……。

涙をまばたきで押さえこみながら、彼女は前かがみになってノートパソコンを再び開いた。「仕事があるんです。このスプレッドシートが時間どおりに仕上がるのをお望みなら、もう私にはかまわないでください」

長い沈黙のあとで、オーガスティンが立ち上がる音が聞こえた。ウィニフレッドは、彼が機内の後部シートに戻るかと思ったが、違った。彼は大きな手を伸ばし、長い指で彼女のノートパソコンをそっと閉じた。

びっくりしてウィニフレッドは彼を見上げた。

彼の美しい顔は、その目と同じく、感情を読み取るのが難しかった。「きみは疲れているようだ」彼は淡々と言った。「そんなきみを僕は怒らせてしまった」

「なんですって？」またもウィニフレッドは大きな衝撃に襲われた。「いいえ、私は――」

横柄なしぐさで手を上げ、オーガスティンは遮った。「スプレッドシートはあとまわしにして、睡眠をとる必要がある。フレディ、おいで。僕は寝室を使うつもりはないから、きみが使えばいい」

ウィニフレッドはこれまであらゆる気分の彼を見てきた。怒っているとき、疲れているとき、苦しんでいるとき、満足しているとき、喜んでいるとき。ただ、彼が幸福感に浸っているのを見たことはなく、そのことで彼女は胸を痛めていた。それが彼の不機嫌さや癇癪《かんしやく》にも忍耐強く対応できる大きな理由の一つになっていた。脳損傷の後遺症と闘う彼は気難しい面もあるが、不機嫌をあらわにしたり、癇癪を爆発させたりしたあとは、いつも謝ってくれた。

とはいえ、オーガスティンが今どんな気分かはわからなかった。なぜなら、王であるときの彼はすべてを隠していたからだ。そして、今の彼は間違いなく王だった。

ウィニフレッドは彼に逆らえなかった。誰にも彼には逆らえない。だから気づいたときには、彼女は差し出された彼の手を取り、立ち上がっていた。

間違いだった。

あの夜を除けば、これまでオーガスティンに触れられたことは一度もなかった。だからウィニフレッドは、指が触れた瞬間に電撃が走るのを予期していなかった。そのため、あえぎ声を噛《か》み殺《ころ》さなければならなかった。彼のほうはなんの反応も示さなかったものの、視線の中に何かがちらつくのが見えた気がした。けれど、一秒とたたずに彼が手を離すのと同時にそれは消え去った。

「スプレッドシートのことですが――」

動揺を隠すために放たれたウィニフレッドの言葉

はすぐに遮られた。

「今は必要ない」オーガスティンは機内の後方を指し示した。「きみには休息が必要だ」

彼女が抗議するより先に、彼は続けた。

「これは命令だ。行きたまえ」

ウィニフレッドは反論する気が失《う》せた。彼の言うとおり、疲れていたからだ。それに、この会話を長引かせたくなかったので、彼女は無言でうなずいた。

オーガスティンは彼女の後ろ姿を見送りながら、柄にもなく胸がざわつくのを感じていた。指先が触れ合ったとたん、予期せぬ電撃に見舞われたからだ。その感覚はまだ指先に残っていた。

自分の反応をほとんど瞬時に消し去りはしたものの、フレディに気づかれた可能性はある。彼女の黒い瞳がきらめいたのを彼は見逃さなかった。

その電撃の正体ならよく知っていた。肉体的な化学反応だ。

彼がラウンジエリアに移り、座り心地のいい白い革張りのシートに身を沈めると、寝室のドアが見えた。

女性乗務員がほほ笑みながら近づいてきたが、オーガスティンは手を振って下がらせた。

彼の脳は時速百五十キロで回転していた。ゆうべよく眠れなかったのはフレディだけではない。ホテルの暗い部屋に戻ると頭痛は治まり、さほど疲れてもいなかったが、頭は冴《さ》え渡《わた》り、フレディの告白を何度も再生していた。

子供の頃からパズルを解くのが好きで、特に父親がつくってくれた数字のパズルが大好きだった。最初は簡単だったが、しだいに難しくなり、最後の問題を解くのに何日もかかる場合があった。そうした多くの難問パズルをあらゆる角度から検討し、放っておけずに何度も繰り返し挑んだ。そして、そのたびに解き明かした。父親はそんな息子をいつも誇りに思っていた。生きていれば、おそらくは母親も。だが、母親は彼が生まれて一年後、妊娠中だったために治療を拒否していた癌《がん》に屈して亡くなった。

もちろん、最近はそんなパズルとは無縁だが、代わりにフレディというパズルに頭を悩まされていた。

これまで性的な意味で彼女に何かを感じたことは一度もない。なのに、あの電撃は、紛れもなく性的なものだった。

なぜ今なんだ？　一度も彼女に触れたことがなかったが、女性との相性はすぐにわかる。それに気づくのに五年もかかるなど信じられない。

彼女の妊娠を知ったせいだろうか？　そこで彼は、誰がいつ、なぜ彼女に触れたのか、考えを巡らせた。そこに縄張り意識のようなものがあるのは否めなかった。独占欲と言ってもいい。なぜそんな意識に駆られたのか、オーガスティンは自分でもわからなかった。フレディは彼の仕事を続けると明言しているのだから。しかも彼は、部下との間に明確な一線を引いていた。

オーガスティンはシートの背にもたれ、陽光が目に入らないようブラインドを下ろした。そしてまっすぐ前を見つめ、考え続けた。

フレディは僕の質問に動揺していた。もちろん、深入りしすぎる質問だったことは自覚している。彼女の子供の父親が誰であろうと、僕には関係のないことだ。なのに、知りたくてたまらない。

というのも、フレディが見知らぬ男と行きずりのセックスをするとは思えなかったからだ。その相手は彼女が信頼している人物に違いない。

そこに話が及んだ際、彼女の表情が一変した。青ざめたかと思うと、怒りとおぼしき感情で頬を紅潮させ、僕は魅了された。彼女が持ち前の落ち着きを失って感情をあらわにしたから、そして彼女を怒らせることに成功したからだ。彼女は僕に無関心なように見える。だからときどき、彼女を困らせたい、驚かせたいと思うようになった。

たいていの人間は僕に大きな影響を受けているのに、なぜ彼女は違うんだ？

いずれにせよ、避妊に失敗するのはよくあることだ……。

オーガスティンはふと、あの夜のことを思い出し、どうやってベッドサイドのテーブルに置いた避妊具に手を伸ばしたかを思い出そうとした。彼もあのとき、避妊のことを忘れかけていた。医師から、パイプカットをしても三カ月間は失敗する可能性があると聞いていたにもかかわらず。

いつものように、その夜のことを考えるだけで体がうずき始め、オーガスティンはいらだった。

彼には恋人が必要だった。あの夜の記憶を脳から消し去るために。セックスはいつも彼をリラックスさせ、筋肉の緊張を和らげて、快い眠りをもたらした。もっと早く相手を見つけるべきだったのに、なぜそうしなかったのか、我ながら不思議だった。

おそらく、あの謎めいた女性には、根本的な部分で僕を引きつける何かがあったのだろう。彼女はとても素直に、とても情熱的に応えてくれた。自分がどれほど僕を求めているかを隠さなかった。たいていの女性のように自意識過剰ではなく、自分の見た目や発する声をまったく気にせず、二人の間に生まれる快楽に完全に身を委ねた。彼女の意識の中には僕しかいなかった。

そしてお互いをよく知っているかのように、二人の息はぴったり合っていた。そう、彼女は間違いなく僕が何者か知っていた。そして僕もまた、心の奥底で彼女が何者か知っていたのかもしれない。

なのに、オーガスティンは彼女が誰なのか、いまだにわからずにいた。

彼女が誰かわかったとして、おまえはどうするつもりなんだ？　内なる声がささやいた。

彼女を探し出すに決まっている。彼女を見つけ、もう一晩、一緒に過ごすことを承諾させる。そして彼女との一夜を大いに楽しむだろう。

結局、オーガスティンはまた十五分ほど無意味に考えを巡らせたあと、ＰＡのパズルを解くのに頭を悩ませるのは時間やエネルギーの無駄遣いだと判断し、携帯電話を取り出した。

字が読めないので、メールなどは使えず、相手と話すしかない。幸い、会話は得意とするところなので、時間を有益に使うことができた。譲位の手続きには時間がかかる。

オーガスティンは自分の計画について誰かにはっきり話したことはないが、やり遂げようとする意志は固かった。

事故の後遺症により、彼は父親が望んだような王になることはできなくなった。そこで彼は何年も前に、王位をまともな人物に譲るしかないと決断した。

その人物とは、いとこのフィリップだった。フィリップが成人するまで待たなければならなかったが、一カ月前に二十一歳になった。フィリップにはまだ譲位の話をしていなかったので、近々話すつもりだった。彼は今、オックスフォードで法律を学んでいて、王になるための心構えや素養を身につけるのに時間がかかるのは間違いない。だから、できるだけ早く彼に伝える必要があった。

フィリップは成績もよく、立派な王になるとオーガスティンは見込んでいた。少なくとも僕よりは優れた王になると。フィリップは手元に届いたメールや書類を読むことができるのだから。

オーガスティンは二時間ほど電話対応に追われ、ラウンジのソファで一休みしようと思った。さもないとあとで苦しむ羽目になる。だが、思うように休息は取れなかった。言葉にできないほどの切望に満ちた夢に苛まれたからだ。数時間後に目が覚めたが、まったく眠った気がしなかった。

とはいえ、そんなことはどうでもよかった。まもなくイザヴェーレに着くというのに、フレディはまだ寝室から出てきていなかった。中に入って彼女を起こす必要がありそうだ。

ほかの者に起こしてもらうという考えはまったく頭に浮かばず、オーガスティンは寝室に行き、ドアを開けて中に入った。

フレディは服を着たまま、ベッドの真ん中で丸くなっていた。伸縮性のある黒いスカートが腿の真ん中までめくれ、白いシャツの前がはだけられている。なぜかオーガスティンはショックを受けた。普段はきちんとした身なりをしているだけに、彼女の服の乱れには人一倍、目を引かれた。

人の寝顔を見るのは、どこか親密な感じがした。起きているときの彼女からは考えられないほど、無防備だった。女性の寝顔を見るのが特に好きなわけではないが、この瞬間は不思議なくらい魅了された。

彼女は今や彼の完璧なPAではなく、まさに一人の女だった。

オーガスティンはベッドの傍らに立ち、ただ彼女をじっと見下ろすことしかできなかった。シャツの後ろがめくれているせいで、腰からヒップにかけてのなめらかな小麦色の肌と、すでに新しい命が宿っている腹部の丸みがあらわになっている。彼の目はそこに釘《くぎ》づけになった。シャツのボタンもいくつか外れていて、胸の谷間がのぞいている。

きちんと結っていたお団子が緩み、黒髪が枕の上に広がっていた。オーガスティンは彼女の髪がこんなにも長くつややかだとは思ってもいなかった。まさにシルクさながらだ。

オーガスティンは彼女の顔に視線を落とした。まつげは長く、黒く、髪と同じくシルクのようになめらかで、頬にかかっていた。

印象深い顔だちだ、と彼は驚きを覚えた。美人ではないかもしれない。まっすぐで濃い眉に、すばらしく誇らしげな鼻。まさに薔薇《ばら》のつぼみのような口は、キスやそのほかのことをするためにつくられたかのようだ。

やめろ。オーガスティンはベッドの端にそっと腰を下ろしながら思考の暴走にブレーキをかけた。フレディは有能なPAとして僕のために働いている。彼女は完全に立入禁止だ。

今しなければならないのは彼女を起こすこと、ただそれだけだ。眠っている彼女をこんなふうに観察するのは、プライバシーをいちじるしく侵害する行為だ。今すぐやめるべきだ。

とはいえ……。

彼女の体からぬくもりが伝わってきて、肌からは甘い香りが立ちのぼってくる。オーガスティンはその香りを吸いこまずにはいられなかった。

そのとき、フレディの口からため息のような小さな音がもれた。

聞き覚えがあった。確かに以前にも聞いたことがある。オーガスティンは鼓動が速くなるのを意識しながらフレディを見つめ、本能の赴くまま、再び彼女の香りを胸いっぱいに吸いこんだ。

甘く、いかにも女性らしく、麝香《じゃこう》のような香りを。

その香りも、彼は知っていた。

オーガスティンは距離を縮め、唇を彼女の肌に当てた。すると、フレディはまた、より深く、ハスキーな声をもらした。快楽の吐息……。

その瞬間、銃弾を腹に受けたかのような衝撃を受け、オーガスティンは固まった。

彼女だ。三カ月前に一夜を共にした女性だ。

あの女性は僕のフレディだった。

そして、もう一発の銃弾に襲われ、オーガスティの視線は彼女の丸みを帯びたおなかに注がれた。

もし僕の想像どおりなら、彼女が身ごもっているのは僕の子だ。

オーガスティンはしばらく彼女を見つめ続けた。アドレナリンが全身に噴き出し、めまいがする。今すぐフレディを仰向けにして首筋に顔をうずめ、我が身を突き入れたいという衝動に駆られた。彼女を貪り、喜悦の叫びをあげさせたかった。あの最高の一夜を再現したかった。

だが、オーガスティンにはできなかった。フレディだから。彼の子を身ごもっている女性だから。

彼は突然立ち上がり、頭がおかしくなる前に部屋から逃げ出した。

4

ウィニフレッドはすてきな夢を見ていた。オーガスティンの息が首筋にかかり、体のぬくもりがすぐそばにある。彼はキスをしようとしていた。力強い腕が彼女を包みこんで……。

そのとき目を覚まし、自分が彼とベッドにいるのではなく、王室専用機の寝室に一人で寝ていることに気づいた。胸はどきどきし、肌はうずいている。

オーガスティン……。

ウィニフレッドは震える息を吐いて目を閉じ、気を引き締めようとした。機内の寝室で彼の夢を見るなんて、愚かにもほどがある。彼と触れ合った際に肌を焼かれたせいだろうか。

もっとしっかりしなければ、と彼女は自分に言い聞かせた。彼に簡単に触れさせてはいけない。

ウィニフレッドはゆっくりと身を起こし、ベッドを出てこぢんまりとしたバスルームに入った。身だしなみを整え、服のしわを伸ばし、髪を束ねる。それからバスルームを出て靴を履き、ラウンジに出た。

オーガスティンはソファに座り、携帯電話で話していた。ウィニフレッドが近づいても、彼は電話に夢中で彼女のほうに顔を向けなかった。

思っていた以上に長く眠っていたせいで、イザヴェーレに到着するまで、あと一時間しかなかった。それで、彼女は仕事に没頭した。

オーガスティンは彼女のことを気にするふうもなく、携帯電話を手放さなかった。確かめたいことがあって彼に近づくたび、手ぶりで追い払われた。

腹立たしかった。産休をどうするかなど、話さなければならないことがいくつかあった。ただ、着陸したあとでも話し合うチャンスはある、と彼女は自らをなだめた。

王宮の敷地内にある滑走路が見えてくると、ウィニフレッドは窓の外に見入った。王宮と滑走路がぐんぐん近づいてくるのを見るのが大好きだった。王宮と滑走路は山の高いところにあり、飛行機の翼からほんの数メートル先に、雪をいただいた山々の頂があるように見える。イザヴェーレは、彼女が育ったロサンゼルスの砂漠とはまったく違っていて、彼女はこの国での暮らしが気に入っていた。それこそが、彼女がこの仕事を続けなければならないもう一つの理由だった。大好きになったこの国を離れるのは耐えがたかった。

十分後、飛行機は着陸し、ウィニフレッドは荷物をまとめた。オーガスティンは彼女には一瞥《いちべつ》もくれずに傍らを通り過ぎていった。彼女は急いであとを追った。

タラップを下りたオーガスティンは、出迎えた宮廷関係者を無視し、待機していた車に向かった。そしてウィニフレッドを待たずに車に乗りこみ、走り去った。彼女をぽつんと滑走路に残して。

よくあることだった。彼が何かに没頭しているときは。普段なら気にしないが、このときばかりは気になった。機内でオーガスティンが彼女を見たとき、その目がなぜかとても鋭かったからだ。そして、あの夢のあとでは、彼の拒絶が妙に生々しく、胸がざわついた。

その感覚をウィニフレッドは振り払った。実のところ、彼女はオーガスティンのPAにすぎず、彼の注意を引く権利はない。そして、海外出張のあとは、彼にはやることがたくさんあった。きっとその対応に追われ、彼女のことを忘れていたのだろう。

ウィニフレッドは二台目の車でイザヴェーレの王宮に到着した。

文字どおりおとぎ話に出てくるような石造りの城で、古い石壁には蔦《つた》が生い茂っている。櫓《やぐら》では国王が戻ってきたことを示す、金色の樫《かし》の木をあしらった旗がすでに翻っていた。

彼女はいつも、王宮に戻ると胸がどきどきした。麻薬売人のキャシー・リン・ジョーンズの長女で、砂漠の荒れ果てたトレーラーパークで育ったウィニフレッドが、この壮麗な城に住み、このヨーロッパの歴史ある豊かな国の統治者のPAになるなど、夢のようだった。ときどきこれが夢でないことを確かめるために、頬をつねってみるほどに。

いいえ、つねるまでもない。ここに来るために何をしたかを思い出せばいいのだから。

ウィニフレッドはその考えと、それに伴う罪悪感と羞恥心を無視した。この仕事を得るためについた嘘《うそ》や、自分ではない誰かのふりをしていたことを忘れるかのように。

最近はふりをする必要はなかった。いかにもアメリカ風の少女エリー・ジョーンズはとっくに消え、今や彼女はウィニフレッド・スコットであり、落ち着き払った、イギリス風のアクセントで話す大人の女性になっていた。

ウィニフレッドの部屋は王室棟にあり、小ぶりながらもきれいで、王の住まいからもさほど遠くない場所にあった、彼女はその部屋を気に入っていた。寝室とリビングルームとバスルームがあり、すべてがきちんと整えられている部屋を見るのは、今でもわくわくする。もっとも、当初はその部屋が豪華すぎるように思えたが、オーガスティンのそばで何年も過ごし、何が豪華なのかを学んだあとでは、必ずしも豪華とは言えない。しかし、少しも気にならなかった。トレーラー暮らしを思えば自分のベッドがあるだけでも天国に思えた。

彼女の部屋は整理整頓され、我ながら居心地がよかった。暖炉の前には小さなラグが敷かれ、無地の青いソファには鮮やかなシルクのクッションがいくつかのっている。部屋の隅にある、地元の木工職人が手がけた本棚は、お気に入りの本や、オーガスティンのお供で出かけた出張旅行のお土産でいっぱいだった。スノードームやガラスの置物、小さな人形や模型など、彼女が集めた宝物は、自分がどれほど遠い地点まで来たかを思い起こさせてくれた。

あなたは人を殺し、妹たちを捨て、そして今度は子供まで手放そうとしている。そんなあなたにこんなすてきな部屋を持つ資格があるの？　頭の隅で意地悪な声があがった。

とたんに冷たいものが背筋を走り抜けたが、ウィニフレッドはかろうじて無視し、内線電話でお茶を持ってきてほしいと頼んだ。それから荷をほどき、小さなリビングルームでお茶を飲みながら、翌日のオーガスティンのスケジュールに目を通した。

彼はすぐにでも私と話したいに違いない。

しかし、何分たってもオーガスティンからの呼び出しはなく、ウィニフレッドはいぶかった。おそらくいつものように長旅の疲れが出ているのだろう。今夜、私はお役御免かもしれない。けれど、いつもなら、そのように私に言うはずなのに……。

困惑した彼女は、王の居室を担当するスタッフに電話をかけ、王が今晩彼女を必要としているかどうか尋ねた。

「今夜は何もないとのことです」

ウィニフレッドの中で小さな疑惑が沈殿した。何かがおかしい。しかし、彼女はすぐに否定した。いいえ、彼は疲れているだけ。気のまわしすぎよ。その夜はよく眠れなかったが、おそらく機内でよく眠ったせいだろう。ほかに理由はない、と自分に言い聞かせた。

翌朝、ウィニフレッドは頭が朦朧《もうろう》とした状態で目を覚ました。

いつものように部屋で朝食をとり、それから、いつものようにオーガスティンのオフィス内にある自分のデスクに向かったが、彼の姿はなかった。彼のデスクの奥にあるステンドグラスが印象的な広々とした部屋も無人だった。

ウィニフレッドのデスクはその部屋の反対側、本棚の近くに置かれていた。いつもは時間に正確なオーガスティンがいったいどこにいるのか、デスクの前に座って考えているうちに、スタッフがやってきて、〝国王は厩舎《きゅうしゃ》にいて、午前十時ちょうどにあなたと会いたいとおっしゃっているので、案内します〟と告げた。彼女はほっとしてうなずいたものの、そのスタッフが出ていったあと、パソコンの画面に向かって顔をしかめた。

オーガスティンは馬が大好きで、厩舎で多くの時間を過ごす。そこにいると落ち着くのだという。彼は馬を撫《な》で、干し草を与え、鼻を軽くたたき、リンゴを一、二個与える。それ以外は何もせず、馬に何も要求しない。もちろん、馬たちも彼に何かを要求することはない。僕と馬たちは、言わば気の置けない間柄なんだ、と彼は言った。

しかし、オーガスティンが厩舎で会おうと指示したことは一度もなかった。そこは普段、二人が仕事をする場所ではないからだ。彼はいつも一人で馬たちに会いに行くのを好んだ。なのに、なぜ今、彼が厩舎で会おうと言ってきたのか、ウィニフレッドはいぶかった。どこで会おうとかまわないけれど。オーガスティンが厩舎で会いたいと言えば、そこへ行くしかない。

彼女はスタッフの先導で、かつてイザヴェーレの代々の国王が狩猟に出かけた王立の森へと続く美しいテラス状の庭園を下っていった。現在は狩猟は行われておらず、森林は原始の姿を回復しつつあった。

ほどなく厩舎が見えてきた。細長い木造の建物で、その横の小道を歩きながら、彼はどこにいるのだろうとウィニフレッドは思った。もっとも、おおよその見当はついていた。おそらく、彼のお気に入りの牝馬《ひんば》ハニーと一緒にいるに違いない。

ウィニフレッドは厩舎の中に入り、ハニーの馬房に近づくと、案の定、オーガスティンはそこにいた。つややかな栗色《くりいろ》の馬体にブラシをかけている。いつものスーツ姿ではなく、ジーンズにシンプルな黒いTシャツという格好で。

たちまち口の中がからからに乾き、ウィニフレッドは目をそらさずにはいられなかった。こんなふうに彼を意識するなんて、どうかしている。カジュアルな服装の彼なら、前にも見たことがあるのに。

彼に恋をしているからじゃない？

ええ、確かに。でも、私は何年も前からオーガスティンに恋をしている。なのに、こんなにも強く彼を肉体的に感じたことはなかった。たぶん彼と過ごしたあの夜が関係しているのだ。私の中で何かが変わり、こんなふうに反応するようになってしまったのだ。ほかに説明のしようがない。

「厩舎に呼び出すなんて、なんのご用でしょう？」少ししてウィニフレッドは彼の背中に声をかけた。

オーガスティンはすぐには振り向かなかった。どこか緊張している気配があり、彼女は身構えた。

彼は手を止めてブラシを置き、ハニーの鼻を優しく撫でたあと、ジーンズのポケットからリンゴを取り出して与えた。それからようやく振り向いて言った。「おいで、フレディ。外で話そう」

ウィニフレッドは緊張した。彼の声に、思わず息をのむような響きがあったからだ。彼女は自分のこと以上に、彼のことをよく知っていた。鼓動の乱れを意識しながらオーガスティンを追って外に出ると、彼は樫の木陰に置かれた木製の椅子に座るよう身ぶりで示した。彼はまったくの無表情で、青緑色の目にもなんの感情も表れていなかった。

「いいえ、座る必要はありません」彼女はかすれた声で言った。「お気遣い、ありがとうございます。それで……ご用はなんでしょう？」

オーガスティンはナイフのような鋭い視線を彼女に注いだ。

鼓動がさらに速くなり、口の中は家族のトレーラーが置かれていた砂漠のように干からびた。

彼は私の赤ちゃんが自分の子だと知っている。ウィニフレッドの直感がそう教えていた。

オーガスティンがゆっくりと腕を組み、険しい視線で彼女をその場に釘《くぎ》づけにした。

「ちょっと興味深いことがわかってね」彼はようやく切りだした。「きみの赤ん坊が僕の子だと、いつ言うつもりだったんだ？」

フレディの顔から血の気が引き、目が大きく見開かれた。それに呼応するように、オーガスティンは自分の中で何かがうごめくのを感じた。

彼女が答える必要はなかった。その顔が真実を物語っていたからだ。

アル・ダイラでのあの夜、あの情熱的で小柄な女性と過ごしたあの夜、僕の心を奪った女性はフレディだったのだ。

あのとき、彼女は一言も話さなかった。

だが、オーガスティンの脳裏には、あのときの記憶が鮮烈によみがえっていた。彼をしっかりと抱きしめた彼女の感触、温かく柔らかな唇、なめらかな肌の味、そして彼女がもらした吐息やあえぎ声が。

僕は心のどこかで気づいていたんじゃないのか、彼女の正体に？

もしかしたら、僕はずっと心の隅でフレディを求めていたのかもしれない。だとしたら、これまでなぜ、彼女を見て欲望をかきたてられたことがなかったのだろう？

いや、欲望を抱いていたのに、おまえはあえて無視していただけじゃないのか？　心の声がささやく。

そうなのか？　オーガスティンは思い出せなかった。彼の記憶はほかの能力と同じく穴だらけだった。

彼女はいつもただ……フレディだった。お気に入りの椅子や額に入った写真のように、彼の人生の至るところにあって、その存在に気づきながらも、じっくり見ることはなかった。

フレディはただそこにいるだけで、彼女について考えたことは一度もなかった。

とはいえ、もはや単なるフレディではなかった。彼女は、オーガスティンがアル・ダイラで言葉にできないほどエロティックな夜を過ごした女性だった。彼女に対する自分の反応をどう制御すればいいのか彼にはわからなかった。部下という禁断の相手だったからか？　それとも彼女の妊娠と関係があるのだろうか？

前日からいくら考えても、結論は出なかった。そして、何時間もひたすら怒っていた。まず最初に、彼女が妊娠を打ち明けたときに何一つ気づかなかった自分に、次に、何も言わなかった彼女に。多くの疑問があり、彼女と向き合わなければならないことはわかっていたが、あまりに怒りが激しかった。

オーガスティンは自分の感情に注意しなければならなかった。怒りにふける余裕はない。なぜなら、以前ほど怒りを制御できなくなったからだ。かっとなって本意ではないことを口にしてフレディを傷つけたくなかった。

そのため、気持ちが落ち着くまで、彼女と対峙《たいじ》するのを待ったのだ。

前夜の睡眠はなんの役にも立たなかったが、馬と一緒に数時間過ごしたおかげで、オーガスティンの気持ちはだいぶ落ち着いた。なんの要求もしない馬たちとの触れ合いが彼の波立つ感情を静め、フレディと向き合う心構えができたのだ。

彼女は前日と同じ安っぽい黒の伸縮性のあるスカートをはいていた。マタニティ用の服をまだ買っていないのだろう。ブラウスもいつもと同じだが、今朝は淡いブルーだった。

ブロンドの髪はいつものように後ろでまとめられ、ほかに普段と違うところはない。

にもかかわらず、何もかも変わっていた。

喉元の脈がかなり速く打っていて、オーガスティンの目はそこに吸い寄せられた。僕はそこに唇を這《は》わせて味わった。胸のふくらみも、脚の付け根も味わった。そして、彼女に恍惚《こうこつ》の叫びをあげさせたのだ。

そして今、その結果が目の前にあった。

おなかの緩やかなふくらみ——そこにフレディの

子供が、いや、僕と彼女の子がいるのだ。

にわかに頭が締めつけられ、目がちかちかしてきた。腹の中でたぎる怒りが生々しい欲望と一体化して、凶暴で痛々しい何かになった。オーガスティンはなんとか感情を抑えようと努めた。彼女に怒りをぶつけるつもりはなかった。

フレディが口を開いた。だが、言葉は出てこない。彼女の表情の端々からショックが読み取れた。

「それで？」オーガスティンは必死に怒りを抑えながら促した。「いつ言うつもりだったんだ、フレディ？　僕が父親になることをどの時点で知らせるつもりだったんだ？　あるいは、言うつもりはなかったのか？　僕が思うに、きみは妊娠していることを隠そうと決めた。そして、どこかの小さな病院で僕の子供を産み、誰かに面倒を見てもらうとか、闇サイトで子供を売るとか、そんなことを考えていたんじゃないのか？」

自分の想像にぞっとして、オーガスティンはいったん言葉を切った。

「それとも、シングルマザーになろうとしたのか？　そして、僕の子供は自分が王位継承者であるとは知らずに王宮の中を走りまわることになったのか？」

彼の怒りは腹の中でねじれ、もはや制御できない域に達していたが、それでも話し続けた。「おもしろいとでも思ったのか、イザヴェーレの王が自分に子供がいることを知らずにいるのを？　あの夜、僕がきみの正体に気づかなかったと知って、陰で笑っていたのか？　そして、妊娠したとわかると、子供を利用しようとしたのか、僕を脅すとかして？」

「いいえ！」フレディの声はかすれ、苦悩に満ちていた。彼女は両手を脇で拳に握り、わなわなと震えだした。「あなたが言ったことは、どれも真実とはかけ離れている……」

彼女の声の生々しさと肌の青白さ、目の下の隈《くま》に、オーガスティンは胸を締めつけられた。彼女は明らかに一睡もしていない。

ＰＡはおまえの子供を身ごもって疲れきっている。そんな彼女をおまえは怒鳴っている。もっと気遣うべきじゃないのか？

心の声にたしなめられ、オーガスティンは怒りを抑えようとした。だが、難しかった。フレディに同情したくなかった。たとえ不作為であったとしても、彼女が嘘をついたのは事実だ。彼女は何カ月も前に妊娠したことを知ったのに、ずっと黙っていたのだ。

「説明してくれ」彼は再び促した。どうしても口調が険しくなる。「なぜあの夜、きみは自分の正体を明かさなかったんだ？　そしてなぜ、おなかの子の父親が僕であることを黙っていたんだ？」

フレディはまだ震えながら拳を握りしめていた。まるで、自分が砕け散るのを防いでいるかのように。

熱い怒りの渦の下で、庇護欲《ひごよく》が頭をもたげたが、オーガスティンは看過した。彼はすでにナイフの刃の上に立っていて、彼女の説明次第ではさらに追いつめられる可能性があったからだ。

「あのとき、私はあなたのベッドに潜りこんだなんて知らなかった」彼女は必死に応じた。「深夜のフライトのあとで疲れ果てていたうえ、王宮の廊下で迷ったあげく、ようやく自分の部屋を見つけたと思ったの。でも、ベッドに入ったら、あなたが触れてきて……。それで、私は……」

「なんだ？」

「あなたが話すのを聞いて……」フレディの声がかすれた。「自分が部屋を間違えたことに気づいた。あなたのベッドであることにも。そして私は……」

彼女が息を吸うと、頬に血の気が少し戻った。「あなたを求めていた」

まるで電気ショックを与えられたかのような衝撃に襲われ、オーガスティンは息をのんだ。今までそんな気配をPAから感じたことはなかった。一度たりとも。「僕を求めていた？　どういう意味だ？」

　彼女の頬が紅潮した。「私はあなたに惹《ひ》かれていたの。あなたの……夜の評判も聞いていたし」

「ああ、僕のベッドでの技量が評判どおりかどうか知りたかった、それだけか？」彼の言葉には苦々しさがにじんでいた。あの夜、二人の間には言葉では言い表せないほどの激しさがあった。僕にとっては今までのどんなセックスよりもすばらしく、満たされていたのに、彼女はただ僕の評判を確かめただけだったというのか？

　なぜそのことが重要に思えるのだろう？　フレディは僕にとってなんでもない女性なのに。それでも、あの一夜は僕にとって意味があるものだった。

　彼女の視線が泳いだ。「ええ」

　だが、フレディは嘘をついている、とオーガスティンにはわかった。彼女が何を言おうと、あの夜、彼女が僕のベッドにいたのはそのためだけではない。

　機内でおなかの子の父親について尋ねたとき、彼女は〝彼は私の人生で最高の夜をプレゼントしてくれた〟と答えた。

　あのとき彼女は嘘をついていなかった。僕が〝きみは彼を信頼していた〟と指摘したとき、彼女は否定しなかった。

　オーガスティンの中で渦巻く怒りと欲望に、もう一つの感情――満足感が加わった。

「それで、なぜ僕に何も言わなかったんだ？」

　フレディはやや反抗的な表情を浮かべた。「あなたが途中でやめるかもしれないと思ったから」

　結局、彼はやめなかった。たぶん、相手の女性がフレディだと知っていたとしても、やめなかっただろう。あまりにすばらしかったから。

「明くる朝は？　そのときもきみは何も言わなかった」

「言うつもりでした。でも、相手が私だとあなたが気づいたと思った」彼女の目は、陽光の下でもとても暗く見えた。「けれど、あなたは何も言わず、私だと気づいていないのは明らかだった。だとしたら、自ら言う必要はないと思ったの。もし話したら何を言われるかわからないし、仕事に影響が出るかもしれないと思って。解雇さえ頭にちらついたんです」

恐れるのは当然だ、とオーガスティンは思った。もし彼女が話していたら、僕はどうしていただろうか？　いや、そんなことはどうでもいい、彼女は話さなかったのだから。

それにしても、どうして彼女だと気づかなかったのだろう？

答えは簡単だ。彼女のことをセックスの対象として考えもしなかったからだ。フレディは僕の人生における壁紙の一部〝単なるBGMにすぎなかったのだ……。

陽光が目を刺し、頭がずきずきし始めた。妊娠の件でフレディと話し合っても完全に自分を制御できる――そう思ったのは間違いだった。最高に調子がいいときでも精神的に不安定なのに、今のオーガスティンは〝最高の調子〟からかけ離れていた。

それでも、彼はこの話を続けるしかなかった。

「妊娠したとわかったのは、いつなんだ？　なぜそのときに僕に言わなかった？」

フレディの顔から再び血の気が失《う》せた。顎を引きつらせ、うつむいて地面を見つめている。「あなたは子供を欲しがっていなかったから、自分でなんとかするしかないと思ったの」

それはある意味、理にかなっていた。フレディの仕事は、PAとしてオーガスティンの生活を楽にすることなのだから。彼女が彼の子を産むことは、その真逆と言ってよかった。

彼女が僕に言えなかったのも無理はない……。

だが、どんなに理屈をこねまわしても、激しい怒りはおさまらなかった。

オーガスティンは子供を欲したことはなく、そこには相応の理由があった。つまるところ、彼は自分が蚊帳の外に置かれていたことに憤慨していたのだ。

「それで、きみは具体的にどうやって対処するつもりでいたんだ？」

フレディはすぐには答えず、足元の芝生をじっと見ていた。そして突然、顔を上げた。「すみません、ちょっと気分がよくないんです」そう言って、彼女は彼の横を通り過ぎようとした。

オーガスティンは反射的に彼女の腕をつかんだ。だが、フレディは振り向かず、じっと前方を見つめている。ブラウスは半袖で、彼は指に伝わる素肌の感触に、頭がくらくらした。柔らかで温かく、シルクさながらだ。しかし、彼女の顔は蒼白《そうはく》だった。

おまえが怒りを抑えられないから、妊娠中のＰＡは追いつめられたんだ。内なる声がなじった。おまえは彼女を完全に破壊するつもりか？　一刻も早く王位をフィリップに譲る理由がまた一つ増えたな。

そのとおりだった。

フレディの目には涙がにじんでいる。僕が彼女を泣かせたのだ。まったくひどい男だ。

「来るんだ」オーガスティンは怒りを胸の奥に沈めて声を和らげた。「ここは明るすぎるから、落ち着ける場所に移ろう」

「いいえ」フレディはきっぱりと言った。「その必要はありません」

「頼んだわけじゃない」オーガスティンは有無を言わさず彼女の肘の下に手を入れてしっかりと抱きしめた。「一緒に来てくれ」

二人は言葉を交わすことなく庭園を戻り、薄暗い城の中に入った。そしてオーガスティンは執務室ではなく、私室に向かった。これから二人で話すことを考えると、そのほうがふさわしいように思えた。

　彼の部屋は一階にあり、塀に囲まれた庭に面していた。室内の壁はオーク材の羽目板張りで、床には厚く濃い色のカーペットが敷かれている。暖炉の前には使い古されてはいるが座り心地のいい肘掛け椅子とソファが置かれ、壁の一部には造りつけの書棚があった。

　オーガスティンはフレディをソファに座らせると、スタッフを呼んでお茶を頼んだ。そしてしばらくの間、無言で彼女を見つめていた。ソファの端に浅く座り、手をぎゅっと握りしめている彼女を。

　彼はこの会話をしたくなかった。彼女が明らかに動揺しているときに。しかし、この話に片をつけるのは早ければ早いほどいい。

「教えてくれ、フレディ」オーガスティンは沈黙を破った。「きみは僕の子供をどうするつもりだったんだ？」

5

　恐怖がはらわたの中に氷のように沈殿し、ウィニフレッドは気分が悪くなった。オーガスティンはすぐそばに立っている。全身から怒りを発散させ、裁きを下す美しい神のように。

　彼に容赦なく攻めたてられ、恐怖と罪悪感と屈辱で、ウィニフレッドは泣きたくなった。最悪なのは、オーガスティンの怒りを理解できることだった。ウィニフレッドはまた、彼が自分の感情を抑えるのに苦労していることも知っていた。そんなとき、彼はときおり本心ではないことを口にするが、彼女は受け流してきた。今日も、なるべく気にしないようにしていた。〝きみは僕の子供をどうするつもりだったんだ?〟と尋ねられるまでは。

その瞬間、ウィニフレッドは再び胸が引き裂かれるような痛みを感じた。この数カ月間、感じていないと自分に言い聞かせてきた痛みを。ほかの誰かが私の産んだ子の世話をしても、私は気にしない、と。

もちろん、それでいいとは思っていなかった。けれど、ウィニフレッドには選択肢がなかった。彼女は母親よりひどい犯罪者——人殺しだったからだ。ほかの誰か、善良な人が彼女の子供を育てるほうがいいに決まっている。

ただし、おなかの子はウィニフレッドだけの赤ん坊ではなかった。オーガスティンの子供でもあった。

私たちの赤ちゃんは、私にはできないような手厚い世話をしてくれる愛情深い家族に養子に出すつもりだった。それが私の対処法……。

けれど、オーガスティンには言えなかった。

言えるわけがない。彼はひどく怒っているし、これ以上、彼を苦しめたくなかった。ウィニフレッドは彼を守り、子供を守りたかった。

あなたは臆病者よ。心の声がとがめた。いつもそうだった。

戦慄が背筋を伝い、真実が毒矢のように彼女の胸に突き刺さった。そう、ウィニフレッドは臆病者だった。数年前、彼女が家を出たのは恐怖からだった。そして今でも彼女は恐れていた。

「それで?」オーガスティンはとろけるような甘い声で促した。「きみは僕に説明する義務がある」

真実を話せない以上、彼の気をそらさなければならない。そして、私自身の気もそらす必要がある。

ウィニフレッドは立ち上がり、彼に向かって一歩踏み出した。そしてTシャツに覆われた彼の胸に手を置き、じっと見上げた。すると、オーガスティンの目は驚きに見開かれ、続いて熱を帯びた。

沈黙が落ちる中、二人を取り巻く空気そのものが燃え上がるような瞬間があった。

　今のは情熱の成せる業なの？　だめよ、そんなふうに思ってはいけない。何かの間違いよ。ウィニフレッドは自分に言い聞かせたものの、彼女はすでに多くの過ちを犯していた。彼が欲しくてたまらない。

「フレディ」オーガスティンは彼女の手首をつかみながらつぶやいた。「これはよくない――」

　ウィニフレッドは最後まで言わせず、彼のTシャツを握りしめて彼の顔を引き寄せた。二人の口が同じ高さになるように。

　再び沈黙が落ち、オーガスティンが身をこわばらせたのを感じ、ウィニフレッドはさらに何かしなければ、彼は身を引いてまた質問を浴びせるだろうと思った。そうなったら、今度こそ答えなければならなかった。そして、彼についた嘘《うそ》を洗いざらい告白しなければならなくなる。

　嘘つきどころか、私は人殺し……。

　できない。ウィニフレッドには告白する勇気も覚悟もなかった。

　あの夜がなければ、私はバージンのままで、何をすればいいかわからなかっただろう。でも、たった一夜で彼から多くのことを教わった。たとえば、どこに、どれくらい強く触れられるのが好きなのか。

　ウィニフレッドは学んだことを生かし、彼の口の中に舌を滑りこませて味わいながら、空ているほうの手で彼のジーンズの前に手を伸ばし、生地越しに欲望のあかしを包みこんだ。

　それは硬く、熱く、大きかった。ウィニフレッドは息をのんだ。懐かしい感触と香りが、彼女の中でくすぶっていた欲望に火をつける。

　あの夜からずいぶん時間がたった。永遠と思えるほど長い月日が。その三カ月は拷問だったと、ウィニフレッドは今なら認めることができた。自分を必死に守りながら、ずっと怯《おび》えていた。オーガスティンに秘密を知られ、すべてが崩壊する日が来るのではないか、と。

そして、その日が来た。オーガスティンの体の反応から察するに、ウィニフレッド同様、彼もまだあの夜のことを覚えているようだった。

オーガスティンは私を求めている。彼女はそれを肌で感じ、濃厚なキスをした。同時にジーンズの上から彼の欲望のあかしを撫《な》で、彼の体に我が身を押しつけた。彼に何もかも忘れてほしくて。自分がついた嘘の埋め合わせに、彼に喜びを与えたかった。

彼にはあなたよりもっとふさわしい人がいる。頭の隅で意地悪な声がした。

ええ、確かに。でも、彼の体の反応を見る限り、彼は今、私を受け入れている。そうでしょう？

だが、オーガスティンは自ら動こうとはしなかった。ウィニフレッドが自分の愚かな行動を後悔し始めたとき、突然、彼の指が髪に差しこまれた。そして、もう一方の手を彼女の背中にまわし、柔らかな体を自分の固い体に引き寄せた。

オーガスティンは体を炉のように熱くさせ、唇と舌で彼女を貪った。ウィニフレッドはうめき声をあげ、安堵《あんど》のあまり彼にすっかり身を委ねた。Tシャツをつかんだまま。

そう、私はこれを望んでいた。オーガスティンを求めていた……。

息を奪われるほどの激しいキスに、ウィニフレッドはなぜか確信した。彼もこの三カ月間、私と同じくあの夜のことに思いを馳《は》せ続《つづ》けていたのだ、と。

彼の歯がウィニフレッドの下唇をくわえ、彼女の背中にあった手がヒップに滑り落ち、下腹部を欲望のあかしに押しつける。彼女はあえぎ声をあげながら、渇望に突き動かされて彼に体をあずけた。

オーガスティンは彼女のブラウスを引き裂き、ブラジャーを脇に押しやって胸のふくらみをむき出しにした。そして頭を下げ、彼女の喉元の狂おしく脈動する部分を激しく吸った。

そのとたん、全身に稲妻が走り、唇からうめき声がもれた。今や彼女の意識の中にあるのは、この瞬間と、彼の手と口と、彼が紡ぐ喜びだけだった。

ウィニフレッドはここイザヴェーレで、ささやかな人生を築いた。安全で安心感もあったけれど、孤独でもあった。彼女は友人をつくらなかった。嘘で固めた人生に、誰も近づけたくなかったからだ。自分でそう仕向けたとはいえ、寂しくてたまらなかった。だから、ロマンス小説を貪り読み、恋愛映画を見ることで、心の穴を埋めていた。

しかし、これは現実だった。しかも相手は一国の王だった。オーガスティンはウィニフレッドに触れ、キスをして、彼女の心を燃え上がらせた。

ウィニフレッドがあえぎながら彼に手を伸ばしてもっと触れようとしたとき、オーガスティンは彼女を床に横たえ、スカートをめくり上げた。そしてウィニフレッドの脚の付け根に手を伸ばし、湿り気を帯びた襞《ひだ》を撫でまわした。

快感の波が押し寄せ、ウィニフレッドは叫んだ。それに呼応するように、オーガスティンは彼女の脚を開き、そこに顔を押しつけて舌でまさぐった。激烈な快感のあまりウィニフレッドはたちまちのぼりつめ、悲鳴をあげながら信じられないような忘我の境地へと打ち上げられた。

だが、オーガスティンは少しも休まず、ウィニフレッドの下腹部から頭を起こすやいなや、次の瞬間には彼のジーンズのざらついた生地が彼女の内腿をこすっていた。それもつかの間、自分の中に彼が入ってくるのを感じ、ウィニフレッドは息をのんだ。

「オーガスティン……」彼の名前を祈りのようにつぶやく。「ああ……そうよ、オーガスティン」

彼の美しい顔は渇望もあらわに張りつめていて、

その目は今、深く濃い青色に燃えていた。

「きみが僕の気をそらそうとしていることを、僕が知らないと思わないでくれ」オーガスティンは彼らしくない荒々しい声で言った。いったん腰を引いてから、再び彼女を深く貫く。「フレディ、これには結果が伴い、きみはそれを背負う羽目になる」

ウィニフレッドは動揺した。彼が何を言っているのかほとんど理解できない。彼に容赦なく攻めたてられ、頭がまともに働いていなかった。

今の彼女にわかるのは、ただ彼が自分の中にいること、絶望的な飢え、彼が焚《た》きつける炎だけだった。

彼女はオーガスティンにしがみつき、彼と一緒に動いた。そして、膝をつかまれて彼の腰にぐいと引き寄せられたとき、再び彼の名を叫び、クライマックスを迎えた。

続いて、彼もうなり声をあげ、自らを解き放った。

オーガスティンは奪ったばかりの女性の上に突っ伏した。おなかに体重がかからないよう、床に肘をついて。息は荒く、心臓は激しく打ち、体が内側から溶けていく気がした。

理性を保つのに苦労していたが、少なくとも頭痛は消えていた。あの衝撃的で爆発的なクライマックスが頭痛を追い払い、怒りと緊張を消し去ったのだ。

フレディの呼吸も荒い。全身から情事のあとの甘美な香りが立ちのぼっていて、オーガスティンは頭がくらくらした。彼女をベッドに寝かせ、あの夜にしたことのすべてをもう一度やってみたかった。まだしたことのないことも。

だが、できなかった。

こんなふうになるとは夢にも思わなかった。フレディのほうからキスをしてくるとは予想だにしなかった。彼女の柔らかくて魅惑的な唇が口に触れてきたとたん欲望の炎に包まれたことに、オーガスティンは心底ショックを受けた。続いて彼女の手が彼の硬くなった欲望のあかしに触れるやいなや、彼のあらゆる部分が渇望の咆哮《ほうこう》を発した。

オーガスティンは懸命にこらえようとした。しかし、最後にセックスをしてから三カ月がたっていたうえ、その女性は完全に彼の正気を失わせた。

その女性こそがフレディだった。

彼女が誰であるかを知った今、自分がこれほどまでに激しく反応したことに、オーガスティンは驚きを禁じえなかった。なぜなら、以前は彼女に性的な衝動を覚えたことはなかったからだ。

しかし、その驚きをもってしても、彼を止めるには充分ではなかった。

とはいえ、フレディが子供をどうするつもりなのかという質問から彼の気をそらそうとしていることはわかっていた。彼女にもそう伝えた。彼女には結果と責任がつきまとうことも。

子供と妻はオーガスティンの将来には存在しないはずだった。交通事故から回復するまでの長く悲惨な月日の中で、そう決めたのだ。最も基本的な機能をすべて学び直さなければならなかったときに。体がまともに動かず、小さな光にさえも頭蓋骨をナイフで切り裂かれるような痛みを覚えた。そんなありさまなのに、どうして妻子が持てるだろう？　自分自身と国を率いるのもやっとだというのに。

その後、回復の目処《めど》が立ったあとも、オーガスティンは考えを変えなかった。自分が望んでいたような夫や父親になれない以上、妻子を持つつもりはなかった。

彼は母親を早くに亡くしていて、母親の記憶はない。だが、愛にあふれた父親、自分を誇りに思ってくれる父親を持ったことの意義は理解していた。ピエロは厳格な父親だった。息子を叱咤激励《しったげきれい》し、国を統治する王は最高の男でなければならないと教えた。

オーガスティンは王位にふさわしい最強で最高の男であらねばならないのだ。

ピエロは高い基準を設けていたため、オーガスティンは努力し続けてきた。だが、今の彼に満たせるのは最低限の基準にすぎなかった。そして、我が子に最低限の基準しか伝授できない以上、世継ぎをつくるなど問題外だった。

しかし、すべてが変わった。フレディの妊娠によって、望むと望まざるとにかかわらず、オーガスティンは父親になるのだ。彼は父が息子に課した王としての基準に達することはできなかったが、ピエロが息子に何を望んでいるかはわかっていた。

現在のオーガスティンには庇護《ひご》するべき世継ぎとその母親がいた。大したことではないが、二人を庇護することは彼にできることの一つだった。

もちろん、王族の結婚にはほかにも意味があるが、まだそれを考える精神的な余裕はなかった。妻と子供を持ってから考えればいい。

フレディはどうする？　彼女の望みはなんだ？

いや、彼女は僕から子供を隠そうとしたときに、自分の望みを叶《かな》える権利を失った。重要なのは、我が子にとって何が最善かを見極めることだ。生まれてくる子供にとっていちばん望ましいこと――それは父親がそばにいることだ。

オーガスティンは両手を彼女の頭の両側に置いて身を起こし、フレディを見下ろした。

黒い瞳はさらに黒さを増し、上気した顔にはショックの色が浮かんでいる。何もかもあっという間の出来事で、彼は自制を失い、自ら設定した境界線をことごとく越え、妊娠中のＰＡを奪ったのだ――まるで獣のように。

フレディがまだ震えているのを見て、激しい保護欲が胸に湧き起こるのを感じ、オーガスティンはショックを受けた。イザヴェーレを守ることに全神経とエネルギーを注いでいたため、誰かを守ろうなどとは思ったことがないし、たとえ思ってもできるはずもなかった。そして、自分以上に国の面倒を見てくれる誰かに王位を譲るつもりでいたが、妻子の面倒を誰かに見てもらおうとは思わなかった。

だが、僕に二人の面倒を見ることができるだろうか？　オーガスティンは自問した。

フレディが目をそらし、両手で彼の胸をなぞって言った。「陛下、どうか……」

「陛下？」彼はいぶかしげに繰り返してから、身をかがめて彼女の顎のラインを唇でなぞった。彼女の甘く麝香《じゃこう》のような香りに、三カ月にわたって夢の中で嗅いできた香りに、欲望のあかしが再び張りつめていく。「おそらく別の状況ならその尊称を受け入れるかもしれないが、フレディ、今は違う」

フレディは両手を彼の胸に添えて指を広げた。その指先からTシャツの生地越しに伝わる熱が彼の肌をじりじりと焼いていく。

「だが……」オーガスティンは続けた。「僕も〝フレディ〟と呼ぶべきではないかもしれない」

フレディは彼の胸に置いた自分の手をじっと見つめている。一方、オーガスティンは彼女の長く黒いまつげを観察し、それがどれほど濃く、いかにつややかか、初めて知った。なんと美しいことか。

「僕を見て」彼は優しく命じた。「頼む」

彼女がごくりと喉を鳴らすのを見て、オーガスティンはそこに唇を押しつけ、もう一度フレディを味わいたいと思った。

しかし、まだ話し合うべきことがあった。

ついにフレディは目を開け、二人の視線が絡み合った。彼女の目には恐怖があり、同時に強い決意が見て取れた。それは彼を驚かせた。彼女が初めて彼に異を唱えようとする気配を察したからだ。

「あなたの望みはわかっています」フレディはきっ

ぱりと言った。「さっきの質問の答えが欲しいんでしょう、赤ちゃんをどうするつもりだったか？」

オーガスティンは否定しなかった。「セックスはいい気晴らしになったよ、スウィートハート。いや、すばらしい気晴らしだった。だが、どんなにきみに夢中になっても、その問いが僕の頭から消えることはなかった」

彼女の頬が紅潮し、恐怖の色が薄れて、目には怒りの火花がちらつき始めた。

フレディはこれまで、彼が疲労や頭痛のせいで癇《かん》癪《しゃく》を起こしても、けっして怒りをあらわにすることはなかった。彼女はいつも忍耐強かった。

だが、明らかに今は違う。

「きみは赤ん坊を養子に出すつもりだった。そうだろう？」オーガスティンは彼女をじっと見ながら、自分に言い聞かせるように尋ねた。「ほかに、すぐに答えられない理由は思いつかない」

彼女の顔から赤みが消え、黒い目はますます暗くなった。それでも、彼女は目をそらさなかった。

「私は子供の面倒を見ることも、子供に必要なものを与えることもできないの。そして、あなたは子供を望まないと言った。ええ、そうよ、あなたの言うとおり、私にできないことを赤ちゃんにしてくれる家族をリストアップしていたんです」

オーガスティンは奇妙な感覚に襲われた。一つは怒りであり、もう一つは彼女に対するある種の敬意だった。フレディは思いやりがあり、気遣いのできる女性で、その決断は簡単なものではなかったはずだ。一方で、彼に相談することなく、二人の子供を第三者に渡そうとしていたのだ。

これまで感じたことのない強烈な独占欲が、彼の中で花崗岩《かこうがん》のように凝縮された。オーガスティンには国民に世継ぎを与える義務があった。つい先日までは、その世継ぎにはフィリップを想定していたが、もはやその計画は崩れ去った。次の後継者はソラーリの血筋を引く者になるだろう。議論の余地はない。

彼の表情に何かを感じ取ったのか、フレディは突然、長いまつげを伏せた。まつげの先には涙が光っている。オーガスティンは突然、二人がまだ床の上に身を横たえていることに、彼女のおなかのふくらみが彼の体に押しつけられていることに気づいた。

子供とフレディを守るのは大変だ――その思いは苦く、彼の顎をこわばらせた。

僕にできるだろうか？　難しいだろうが、やってみるしかない。

オーガスティンは身繕いをしようと彼女から離れた。すると、フレディも身を起こし、震える手でスカートの裾を引き下ろそうとしたので、彼は手伝おうとした。

「そんなこと、しなくていいのよ」

彼女のつぶやきを無視し、オーガスティンはブラウスの小さなボタンを手際よく留め始めた。

「一人でできるわ」フレディは抗議した。

「もちろん、できるだろう。だが、今日はその必要はない」

自分の決断の確かさは今や岩よりも固く、城の土台のようにオーガスティンの中に鎮座していた。この五年間は、すべてが微妙で不安定に感じられた。まるで自分自身がおのれの人生の邪魔者であるかのように、もはや自分には向いていない仕事をこなし、かろうじて生きている気がした。父親が設けた基準を満たそうと試みては失敗し、毎日のようにおのれの失敗を隠して生きてきた。

だが、ソラーリ家の世継ぎを残すことは王としての重要な責務の一つであり、彼にできることの一つでもあった。

僕の治世は平凡かもしれないが、次の治世はそうならないようにすることができる。イザヴェーレの次の統治者を、父ピエロが望んでいたような人物にすることができるのだ。

そして、フレディとの結婚には利点があった。彼女は事故の後遺症について知っているから、オーガスティンは隠す必要がなかった。さらに、彼女をベッドに誘うのも楽しい。彼は結婚を問題なく受け入れることができた。

ブラウスのボタンを留め終わると、オーガスティンは背筋を伸ばし、ソファに座るよう手ぶりで彼女を促した。だが、フレディはまたも彼を驚かせた。首を横に振り、美しい胸の上で腕を組んだのだ。目には険しい決意がみなぎっている。彼が口を開く前に、彼女は尋ねた。

「それで、どうするの？」

けっして牙をむいたことのないPAの変わりように、オーガスティンは興味を引かれた。

彼はしばらくフレディを観察し、ここ数カ月でいちばんくつろいだ気分になった。あの信じられないような絶頂感と、自分の子供について下した決断のおかげに違いない。彼は今、方向性と目的を手にしたように感じていた。もはやフィリップが成人するまで、ただ耐え忍ぶだけの人生を送る必要はないのだ。教えることのできる子供が、彼がなれなかった理想の王となりえる後継者がいるからだ。

「それで、どうする？」オーガスティンは鸚鵡返《おうむがえ》しにきいた。「フレディ、きみの養子縁組の計画は取りやめだ」

「でも、私は――」

「いや」オーガスティンはその口調に王としての威信を込めて遮った。「きみは僕の子を――王位継承者を身ごもっている。わかっているだろう？」

「ええ、でも……」

「念のために言っておくが、きみが僕に断りもなく養子にしようとしていた王位継承者の話だ」

彼女は唇を噛《か》みしめた。青白い顔で、目に涙を浮かべて。「そんな……つもりはなかったの」

「それについてはあとで話そう」オーガスティンはきっぱりと言った。彼女の青白い顔や目に残る恐怖の色が気に入らなかった。「座ってくれ。命令だ」

フレディは顔を引きつらせながら、ソファの端に腰を下ろした。「それで？」

「繰り返すが、養子縁組などしない。赤ん坊は僕のものだから、僕が引き取る」

「私の子よ」

「わかっている」その言葉の効果を引き出すかのようにに間をおく。「だから、きみと一緒に引き取る」

　彼女の目が大きく見開かれた。「なんですって？　どういうこと？」

「僕ときみは結婚する」オーガスティンはほほ笑んだ。「きみは女王になる」

6

　ウィニフレッドはソファに座り、両手を固く握りしめた。胃のあたりに居座る冷たい恐怖に怯《おび》えながら、同時に、体のあらゆる部分が息づいているようで、これまでにないほど彼を強く意識しながら。

　この部屋から、この王宮から逃げ出したいほど恐怖を感じているのに、彼を強く求めていることに、ウィニフレッドは我ながら混乱した。隣の国まで全速力で走り、彼とできるだけ距離をおきたかった。

　けれど、できなかった。彼女はオーガスティンの子を産むつもりだった。今しがた養子縁組の話をしたとき、彼の青緑色の瞳に怒りと独占欲が同じくらい燃えているのを認め、自分の計画が頓挫したことを悟った。

もう逃げられない。ウィニフレッドは観念した。

ただし、自分の過去を――オーガスティンが知らない真実を、打ち明けるつもりはなかった。自分の出自、ソルボンヌ大学の学位、フォーチュン誌が選ぶ五百企業での勤務歴、輝かしい推薦状――すべてが偽りだった。最高の偽の経歴を買うために大金を払っていたものの、それでも王宮側が彼女とその資格や経歴を徹底的に調査しなかったことに、彼女は信じられない思いを抱いていた。もっとも、オーガスティンは当時、早急に助けを必要としていた。その点、ウィニフレッドの能力は完璧だった。

とはいえ、オーガスティンの執拗《しつよう》な質問をはぐらかすために、体を使ったのは明らかに間違いだった。自暴自棄と言ってよかった。なぜなら、もし熟慮していたなら、二人の間にくすぶっている情熱に火がつくことはなかっただろうから。

私はいったい何を考えていたのだろう？

そして今、彼はなんと言ったの？　結婚？

正気の沙汰じゃない。

ウィニフレッドは次の行動を考える必要があったが、彼の前では何も考えられなかった。

そのときドアがノックされ、オーガスティンは彼女に背を向け、お茶を運んできたメイドに応対した。お茶は王宮特製で、リンゴとシナモンにオレンジの香りが加わったその香りはいつも彼女の食欲を刺激するが、今日は逆に気分が悪くなった。

この部屋から出なければならない。彼のいない場所で、どうするべきか考える必要がある。

メイドは紅茶をテーブルに並べ、出ていった。

「僕が母親になろうか？」オーガスティンはティーポットを手に取り、カップにつぎ始めた。

ウィニフレッドにはできそうになかった。ここでお茶を飲みながら彼と結婚について話し合うなんて。

床に転がってセックスをしたばかりなのに。

彼はイザヴェーレの国王だ。結婚できるわけがない。とりわけ私の過去を考えたら。私が嘘《うそ》に嘘を重ねてきたことを、彼はいずれ知るだろう。

でも、もしあなたが王妃になれば、あなたの子供は安全よ。心の声が言う。

ウィニフレッドは知らず知らず腹部に手を添えた。複雑な感情が押し寄せ、胸がいっぱいになる。

子供が無事に育っていることへの安堵《あんど》。妻になることへの喜び。母親になることへの恐怖。我が子が王位継承者になるという誇り。

だけど、私にそんな資格があるの？　あんなことをしておいて？　彼に子供を渡して出ていくのが、私の取るべき道では？

「ずいぶんおとなしいな」オーガスティンはカップを彼女の前に置いた。「僕に結婚を申しこまれて呆《ぼう》然《ぜん》としているのか？」

ウィニフレッドは陰湿な考えを追い払い、彼を見上げた。もし、私の過去を彼が知らないままの状態で、私がプロポーズを受け入れたら、とんでもないことになる。結婚したあとで、何年も彼を欺いていたことが、王位継承者の母親が人殺しであることが明るみに出たら……。

ときどき夢を見た。母親の恋人のアーロンが妹をトレーラーの寝室に引きずりこもうとしているところ、私が彼に向かって銃をかまえているところを。

ウィニフレッドは彼を撃つつもりだった。アーロンがアニーを連れ去るのを止めたい一心で。けれど、彼女は銃を撃った経験がなく、撃ったときの反動など予想できるはずもなかった……。

「ばかげたことを言わないで」彼女は忌まわしい記憶を振り払って言った。「あなたが私との結婚を本気で考えているわけがないわ」

オーガスティンは背筋を伸ばし、胸の前で腕組みをして彼女を見下ろした。ジーンズにTシャツという格好の彼はとても美しく、数分前に二人が分かち合った情熱のせいで髪が乱れていた。それでも、体の隅々まで王としての威厳がある。

その王とセックスをしたことがいまだに信じられなかった。プロポーズされたことも。

「なぜあの夜の女性が私だとわかったの？」もっと早く尋ねるべきだったとわかっていながら、ウィニフレッドはあえて尋ねた。

彼は驚いた様子もなく答えた。「フライト中、寝室に入ったら、きみはぐっすり眠っていた。起こそうとしたら、懐かしい匂いがしたうえ、きみの口から吐息ともつかない声がもれた」彼の目には、欲望の炎がまだくすぶっていた。「あの夜、ベッドで聞いたときの声と同じだとすぐにわかった」

熱が首筋を伝わって頬に達した。オーガスティンは鋭い観察力の持ち主だったから、もっと前から気づいていたのではないかと思ったのだ。やっぱり、彼にとって私は家具の一部にすぎなかったのだ……。

「それまで気づかなかったの？」

「そうだ」彼はきっぱりと答えた。「だが、今は僕の観察力について話している場合じゃない。きみは僕の子を妊娠しているんだ、フレディ。そうであるからには、僕たちは結婚しなければならない」

彼女の心臓は喉元までせり上がり、鼓動は耳をつんざかんばかりだった。「どうして？　あなたは結婚なんてしたくないんじゃなかった？」

「確かに結婚願望はなかったし、子供を持つつもりもなかった。なのに、こうなった」

「だからといって、結婚する必要はないわ」ウィニフレッドは拳を握りしめた。けっして悪い展開ではないのに、なぜ抗《あらが》っているのか自分でもわからなかった。「ヴィクトリア朝時代じゃないんだから。おそらく世界の半分の人は、結婚していない両親から生まれてきているはずよ」

「僕が子供を持つつもりはないと言ったのは、子供が欲しくないという意味ではない」

小さなショックと共に、罪悪感がナイフのようにウィニフレッドを襲った。子供を彼から遠ざけようとしていたからだ。「私が考えるに――」

「きみはさまざまなことを考えたんだろうね」オーガスティンは遮った。「僕の望みは、僕たちが置かれている状況とは、ましてきみの状況とはなんの関わりもないんだ。僕が自ら選択したわけではないが、きみは王位継承者を身ごもっている。それこそが紛れもない現実だ。フレディ、僕はその子を引き取らなければならない。非嫡出子は多くの問題を引き起こすだろう。僕はそれを看過できない」

ウィニフレッドは指にしびれを感じた。自分との結婚を本気で考えている彼が、そして彼との結婚を本気で考え始めている自分が信じられなかった。

結婚など論外だった。オーガスティンに打ち明けなければならない嘘の数々、言えなかったことの数々が未来に及ぼす影響を考えると、耐えられなかった。打ち明けたいという気持ちもあったが、もう手遅れな気がした。妊娠を黙っていたことで、彼女はすでに充分に彼を傷つけていた。結婚生活を始めるのはあまりに危うい。

ウィニフレッドは結婚生活についてほとんど何も知らなかった。彼女の両親は結婚しておらず、父親を知らないが、母親と同じ小悪党だと思っていた。彼は母親が次の男のところへ行く前に、少しの間一緒にいたにすぎない。

要するに、母は子供の父親のことなど気にかけていなかったのだ。さらに言うなら、母は自分以外の誰のことも気にかけていなかった。

ウィニフレッドはいつも自分は母とは違うと思っていたが、疑い始めていた。オーガスティンを愛していたが、自分を守るためにさらに嘘を重ねようと考えていたからだ。彼女は気分が悪くなった。

「顔色が悪いよ」オーガスティンは顔をしかめて指摘した。「世界一ロマンティックなプロポーズではないが、何も恐れることはない」

彼に恐怖心を見抜かれ、ウィニフレッドはたじろいだ。「私は恐れてなんかいないわ」平静を装って反論したものの、彼はますます顔をしかめた。

「僕は恐怖がどんなものか知っている。きみは青ざめ、両手をぎゅっと握りしめている」

とっさにウィニフレッドは手を開いたものの、遅すぎた。オーガスティンはすでに彼女の怯えに気づいていたし、その理由を知りたがっていた。

ウィニフレッドは再び彼の気をそらす必要に迫られた。「つわりのせいよ。心配いらないわ」

彼の視線がいぶかしげに細められた。「つわりは、最初の三カ月だけだと思っていたが？」

「九カ月間ずっと続くこともあるし、ストレスがそれに拍車をかけることもあるの」

オーガスティンはしばらく無言で彼女を見つめたあとで口を開いた。「さあ、紅茶を飲んで」そう勧めて彼はようやく彼女の隣に座った。

近すぎる。ウィニフレッドは彼のぬくもりを感じ、寄り添って彼の強さと確かさを自分のものにしたいという衝動に駆られた。

彼と恋に落ちたのは愚かなことだが、それはきわめてゆっくりと進んだため、ウィニフレッドはほとんど気づかなかった。雷に打たれたわけではなく、小さな出来事の積み重ねだった。オーガスティンが開設した女性シェルターのスタッフに対するきめ細かな扱い方、住宅事情を調査するために全国を視察したときの、ホームレスに対する気さくな態度、政府に新たな資金提供を指示したホスピスを訪問した際の患者に対する気遣い……。

プレイボーイだったのは確かだが、オーガスティンは彼女がこれまでに会った中で最も純粋で、最も思いやりのある男性だった。

　彼は彼女のボスであるばかりか、一国の王でもあり、ウィニフレッドにとっては手の届かない存在だった。なのに、彼と体を重ねて身ごもったうえ、彼に内緒で出産し、赤ん坊を養子に出そうとしていた。そう、私はいつものように逃げたのだ。

　神さま、私が犯した罪に終わりはないのでしょうか？

　お茶など飲みたくなかったが、彼の視線を意識してカップを手に取った。意に反して手が震える。

　当然ながら、オーガスティンはそれに気づいて、温かな手のひらを彼女の手首の下に滑らせた。「いったい何が問題なんだ？」

「本気できいているの？」ウィニフレッドは彼のぬくもりから手を引き抜きたくなかったが、そうせざるをえなかった。「自分が私の子供の父親だとわかって間もないのに、赤ん坊を引き取り、私と結婚すると決めたというの？」

「きみは何を期待しているんだ？」オーガスティンは彼女を見つめて尋ねた。「僕は普通の一夜限りの恋人とは違う。僕は王で、きみが産んだ子供は僕の後継者になる。きみが知っているかどうかは知らないが、王政の要は後継者なんだ」

　ウィニフレッドの胸に怒りがこみ上げた。「そんなことはわかっているわ。私はばかじゃない」

「だったら、プロポーズに驚いたような顔はしないでくれ」

「でも、子供は欲しくないんでしょう？」

「いや」彼はきっぱりと否定した。「さっきも言ったはずだ。きみがショックを受けているのはわかる。だが、僕は責任逃れをする男ではない」

「私はどうなるの？　私の望みは？」

「きみは本当にシングルマザーになりたいのか？　養子に出すことも、僕から離れた場所で育てることも許さない。僕とは結婚したくないかもしれないが、その場合はイザヴェーレを去ってもかまわない。僕の推薦状があれば、就職には困らないだろう。きみが望むなら、僕が新しい職を斡旋《あっせん》してもいい」

ＰＡを辞めて別の職を見つけることを考えると、彼女の心は冷え冷えとした。たとえオーガスティンが彼女のために仕事を斡旋し、それが妹たちのための貯金を続けられるほど高給であったとしても、ここイザヴェーレで築いた生活を捨てるのは耐えがたかった。それ以上に、彼と別れ、子供とも別れるのはつらかった。赤ん坊にとってはそれが最善だとわかってはいても。

でも、とウィニフレッドは思った。子供を置き去りにするなんてできない。不可能だ。

ここから離れられないとしたら、あなたはどうするの？　ここにとどまったら、また悲惨な結果に直面するかもしれない。アーロンのときと同じように。

頭の中で問いかける声に耳を傾けまいと、ウィニフレッドは彼から目をそらし、カップを口に運んだ。手はまだ震えていたが、とにかくお茶を一口飲んだ。ぬるく甘いお茶は今の彼女にはきつかった。

オーガスティンはため息をつき、彼女からソーサーとカップを取り上げ、コーヒーテーブルの上に置いた。そして彼女の手を握った。

ウィニフレッドは彼をまともに見られなかった。やっぱり、ここにとどまるしかないのだろうか。赤ちゃんと別れることを考えると、耐えがたい苦痛に襲われる。彼女は途方に暮れた。

「何をそんなに悩んでいるんだ？」彼はしびれを切らして尋ねた。「僕が提案しているのはただの結婚だ、フレディ。絞首台への行進ではない」

ウィニフレッドは喉から声を絞り出した。「私は王妃ではなく、あなたのPAです。あなたは私を愛していないし、必要としてもいない。ただ私が妊娠したから、結婚を余儀なくされているだけ……」

オーガスティンに手の甲を優しく撫《な》でられ、彼女は息をのんだ。

「ああ、そうかもしれない。確かにこの状況をつくりだしたのは、フレディ、きみだ」彼の豊かな声は温かく、愉快そうでさえあった。「王である僕がPAのきみにプロポーズせざるをえない状況をね」

ウィニフレッドはちらりと彼を見た。彼の病みつきになりそうな愛撫《あいぶ》から手を引きたかったが、できなかった。「冗談はやめて、陛下」

「陛下?」オーガスティンの声は、彼女が愛してやまないベルベットのような響きを帯びた。「前にも言ったはずだ、僕の名はオーガスティンだ。さあ、呼んでごらん」

口の中がみるみる乾き、鼓動はますます大きくなる。すこぶるセクシーな彼の前ではウィニフレッドはあまりにもろかった。それでも、けっして彼の名は口にしなかった。とんでもなく贅沢《ぜいたく》に思えたから。

でも、さっきも言ったわよ。心の声が揶揄《やゆ》した。

そう、彼に強烈な快感を与えられているときに。

それでも、ウィニフレッドは渋った。「無理よ」

「できるとも。式典の最中に〝私は陛下を……〟と言うわけにはいかないだろう、フレディ?」

彼の声ににじむ温かみは本物だったが、ウィニフレッドは自分がそれに値するとは思えなかった。

「ウィニフレッドです」彼女は冷たく言い放ち、彼から手を離した。「私の名はウィニフレッドよ」

たちまちオーガスティンの表情からぬくもりが消えた。彼女は彼の努力を台なしにした自分がいやになった。それでも、彼と距離をおく必要があった。

オーガスティンは彼女を再び引き寄せようとはしなかったが、目をそらすこともなかった。「ウィニフレッド」彼は繰り返した。彼女が自ら選んだ名前が信じられないほどセクシーに聞こえるように。

「次はきみの番だ」

　まったく！　彼はけっして諦めない。ウィニフレッドは応じざるをえなかった。「オーガスティン」

　彼女はついに言った。その名を口にするのがどれほど好きだったか、どれほど言いたかったか。

　彼の目の中で火花が散った。「ほら、大したことじゃなかっただろう？」

　二人の間に再び情熱が芽生え、放出されたはずの電気が再び火花を散らし始めた。彼女はこの空間から脱出するべきだった。これ以上、間違いを犯す前に、オーガスティンから離れなければ。「もう失礼していいかしら」彼女はぶっきらぼうに尋ねた。一瞬、彼に引き止められるかもしれないと思った。私の手を握り、あのセクシーな声で私の名を再びささやくかもしれない、と。

　だが、しばらくして彼はうなずいた。「いいよ。今日はもう休んでくれ」

「一日中休む必要はありません」ウィニフレッドは硬い口調で返した。落胆などしていないと自分に言い聞かせながら。

「そうかもしれないが、とにかく今日はゆっくり休み、夜はぐっすり眠ってくれ」彼はそう言って顔を引き締め、つけ加えた。「明日……僕たちの将来について計画を練り始めよう」

　ウィニフレッドはうなずくよりほかなかった。

　その夜、オーガスティンは眠れなかった。疲労と興奮という最悪の組み合わせのせいで。フレディとの出来事が脳裏で次々と再生される。最初は床での信じられないほどすばらしいセックス、そしてそのあとの彼女の行動。予想していたにもかかわらず、ショックを受け、恐怖を覚えさえした。彼女の白い顔と、カップを手にしたときの手の震え。フレディは明らかに彼を恐れ、それを必死に隠そうとしていた。

オーガスティンにはその理由がわからなかった。フレディは何をそんなに恐れているんだ？　僕が結婚に執着していることを？　母親になることを？　僕の妻になることを？　あるいは、王妃になることを恐れているのだろうか。

それを知る必要があった。なぜなら、子供にとってよい父親になるためには、フレディにとってよい夫になる必要があるからだ。僕に何を言ったか、何を言わなかったかに関係なく、彼女に責任はない。

そう、確かにパイプカットと避妊具が両方とも役割を果たさなかったことは不運だったが、あの夜、僕が自制していれば、今のような状況には陥らなかっただろう。とにかく、王たる者、常に自分の行動に責任を持たなくてはならない。

おまえは自分にはできないとわかっているのに、彼女の面倒を見るというのか？

頭の隅であがった疑問の声を無視してベッドを出ると、オーガスティンはしばらく廊下をさまよい歩き、衛兵を緊張させた。それから執務室に行き、金色の樫《かし》の木が描かれた大きなステンドグラスの窓を背にしてデスクに向かった。衛兵たちはほっとしたに違いない。彼は椅子の背にもたれ、足をデスクの上にのせ、フレディの謎について思案した。

彼女の恐怖は謎だった。彼女は感情を隠すのが上手なことを考えると、ずっと恐怖を感じ続けていたに違いない。いったい何を恐れているんだ？　彼女が恐れていたのは僕ではない。それに、基本的に僕の代わりに国を動かしていたといっても過言ではないから、王妃になることを恐れているはずもない。結婚そのものが恐怖の対象なのだろうか？　男女を問わず、結婚を望まない者は大勢いるし、実際、僕自身も結婚するつもりはなかった。

　しかし、それは二人で話し合えば解決できる。もちろん、僕たちは恋愛関係にはなかったし、僕が彼女の上司であることも、僕が王であることも、問題を複雑にしている。とはいえ、結婚生活をどのようなものにしたいかは話し合うことができる。僕はプラトニックな結婚など望んでいないが、彼女が同じ気持ちかどうかはわからない。

　フィリップのことはどうする？　とたんに、脈拍が速くなり、全身がこわばった。オーガスティンはすでに退位はしないと決めていた。跡継ぎができたのだから。父のピエロも僕の退位を支持しなかったに違いない。特に、僕の母が払った犠牲を考えれば。

　古くて痛々しい悲しみがよみがえり、オーガスティンは胸を締めつけられた。

　そのとき、ポケットの中で携帯電話が鳴りだした。画面を確認すると、友人のハリールからだった。

「友よ」オーガスティンは応答した。「こんな遅い時間に電話をかけてくるとは珍しい。きみのほうはもっと遅いだろうに」

「ああ、そのとおり」ハリールの深みのある声が返ってきた。

　オーガスティンはにやりとした。「もし、きみが幸福のさなかにいて、シドニーは人類史上、最も完璧な女性だと言うために電話をしてきたのなら、メールですましてくれたほうがいいかもしれない」

「どのみち、きみは読めないから、無視というわけか」

　オーガスティンに何ができ、何ができないかを知っているのは、フレディを除けば、ハリールとガレンのみだった。

　ハリールは笑い、オーガスティンも笑った。

「だが、このニュースはメールではなく、じかに知らせたかったんだ。シドニーが妊娠したんだ」

自分の置かれた状況と重なり、オーガスティンの背筋を震えが走った。「えっ、もう？」ハリールとシドニーが結婚して四カ月しかたっていなかった。「十六週目だ」親友の声は大いに弾んでいて、大きな喜びがにじんでいる。「落ち着くまで、伝えるのを待っていたんだ」

オーガスティンは気持ちを静めて言った。「おめでとう、ハル。どっちか判明しているのか？」

「女の子だ。アル・ダイラの王妃がこれまで産んだ中で最もすばらしい王女になるだろう」

オーガスティンはほほ笑んだ。王位に就くために人間性をどれだけ犠牲にしなければならなかったかを考えれば、ハリールが幸福をつかめたのは友人としてうれしい限りだった。オックスフォード時代に知り合ったゴージャスで赤毛のシドニーは、持ち前の明るさでハリールの暗い人生に光を与えた。

フレディはどんなふうに僕の人生を明るくしてくれるのだろう？

期待薄だ、とオーガスティンは思った。なぜなら、彼とフレディの関係は、ハリールとシドニーの関係とは異なっていたからだ。ハリールとシドニーは愛し合っているが、オーガスティンはフレディを愛しておらず、彼女も彼を愛していなかったからだ。二人の間に愛は存在しない。

ハリールに現在の自分の状況を話したいという衝動は駆られたが、友人のおめでたいニュースを自分のニュースで台なしにしたくなかった。

今はハルの時間であって、僕の時間ではない。

「もちろん、そうだろう。シドニーが母親なんだから、そうならないわけがない」

「ああ、そのとおりだ」ハリールはそこで間をおいた。「ガス、どこか変だぞ。何かあったのか？」

オーガスティンは思わず目を閉じた。ハルは鋭すぎる。一瞬、嘘をつこうかと思ったが、彼に先を越た。

「なんでもないとは言わせないぞ。だてに古くからきみとつき合っているわけじゃない」

「まいった」オーガスティンはあえて朗らかに返した。「僕はきみに時間を与えようとしたのに」

「もう充分だ。今度はきみの番だ」

オーガスティンはため息をついた。「フレディが妊娠した」

「あの、きみのＰＡがか？」

「父親は僕だ」

長い沈黙のあとでハリールはようやく口を開いた。

「そうか……それで、なぜそうなったんだ？　僕が思うに――」

「人違いだったんだ、ハル」オーガスティンは遮った。「わかるだろう？」

「いや」ハリールは怪訝《けげん》そうにつぶやいた。「さっぱりわからない」

「きみは僕をさらに困らせるつもりか？」

「もう自分でかなりこじらせているように聞こえるが？」

言い返したいのを、オーガスティンはなんとかこらえた。ハリールは非難しているわけではないとわかっていたからだ。オーガスティンのプレイボーイとしての評判は意図的に培ってきたものだが、それは誰もが彼がＰＡを妊娠させたことについて論評できることを意味していた。彼にとってそれはけっして好ましいことではなかった。世間の評判など気にしないが、フレディに対する評判は気になった。ゴシップは彼の望むところではなく、彼女との結婚を決めたもう一つの理由がそこにあった。

「実を言うと、人違いはきみの結婚祝いの舞踏会で起こった。フレディがどういうわけか僕の部屋に来たんだ。部屋は真っ暗だった。僕が彼女に触れたとき……」オーガスティンは再び大きなため息をついた。「彼女は〝ノー〟と言わなかった」

　また長い沈黙があった。

「それがフレディだとわからなかったのか？」

「そうだ」

「なぜだ、毎日会っているのに？」

「彼女のそんな姿は見たことがなかったからだ、ただの一度も」我ながら苦しい弁明に聞こえる。「とにかく、彼女は僕の子を妊娠している」

「結婚するのか？」

　それがハリールの最初の質問だったことは、彼のオーガスティンに対する見方をよく表していた。そしてまた、ガレンも同じ見方をするに違いない、とオーガスティンは思った。彼らは皆、一国の王で、責任は王たる者の本質だった。加えて保護欲も。

「そのつもりだ」オーガスティンは答えた。「だが、フレディは満足していない」

「なんだか、懐かしいよ」というのも、ハリールは花嫁になるようシドニーを説得するのに苦労したからだ。「きみは、さっさとシドニーをベッドに引きずりこめと助言してくれた。そうすれば、朝までに彼女は指輪をねだると」

　相変わらず鋭いやつだと思いつつも、オーガスティンは無視した。「僕は間違っていたのか？」

「いや」オーガスティンの予想に反して、ハリールは否定した。「必ずしも間違いではなかった。きみは同じことをしようと思ったことはあるのか？」

　オーガスティンは言葉に窮した。フレディとの間に起こったことを話したくなかった。彼女の恐怖についても。あまりにも個人的なことなので、話すのは裏切りのように感じられたからだ。

　しばしの間をおいて彼は軽い口調で答えた。「そうするべきかもしれない……彼女は確かに不満を言ってはいなかった」

「彼女はきみにとって重要な存在なんだろう？」

オーガスティンは息をのんだ。「なぜそんなことをきくんだ？」

「きみは自分にとって重要なことについては、いつもあえて無造作に話す」ハリールは明言した。「そうするのは自分自身から距離をおくためだろうと、ガレンも僕も推察している」

くそっ。オーガスティンは胸の内で悪態をついた。古いつき合いの彼らは、さすがに僕のことをよく知っている。

確かに、彼にとってフレディは重要な存在だった。彼女は優秀なPAで、常に冷静で洞察力に富んでいて、彼のどんな要求にも応えてくれた。相性も抜群で、とりわけベッドでは驚異的だった。

だが、とオーガスティンは思った。それ以外に彼女を重要な存在だと見なす理由はあるだろうか？もちろん、僕の子を身ごもっていることを除いて。

実際、僕は彼女のことを何も知らない……。

そう思うとオーガスティンは急に不安になった。自分の私生活について、フレディは一言も話さなかった。今朝、彼の居間に届けさせた紅茶を彼女が好きだと知っていたのは、休憩中に彼女が飲んでいるのを、よく見かけていたからにすぎない。

「じゃあ、またな、ガス」ハリールの柔らかな笑い声が電話の向こうから聞こえてきた。「シドニーともども、結婚式の招待状が届くのを待っている」

電話が切れたあともしばらく、オーガスティンは書斎の椅子に座ったまま、両親の肖像画が飾られている向かいの壁を見つめていた。

母は美しく青いドレスを着て肘掛け椅子に座り、父はその傍らに立って母の肩に手を置いている。二人とも今にも笑いだしそうな表情を浮かべて。

オーガスティンは常々不思議に思っていた。父ピエロはなぜ、妻の命を奪ったも同然の息子に深い愛情を注ぐのか。おなかの子を危険にさらしたくないという思いから癌《がん》の治療は受けないと二人で決めたのだと、父は話してくれた。結果がわかっていながら、両親はその道を選んだのだ。

〝オーガスティン、おまえは愛されていた〟ピエロは言った。〝そして、とても必要とされていた。王位後継者であり、貴重な存在であるおまえを危険にさらすわけにはいかなかった〟

事故に遭う前、オーガスティンが望んでいたのは、母親の犠牲と父親の悲しみが無駄にならないようにすることだった。それはすなわち、最高の王になること、最高の息子になること、彼らの誇りになることを意味していた。

父親からは、オックスフォードでの自由な日々を最大限に享受するようにと言われていた。そして、オーガスティンはそうした。父はあまり喜ばなかったが。オーガスティンは必ずその埋め合わせはすると固く誓っていた。

そして大学を出てすぐ、事故が起きた。凍結した道路で車がスリップし、木に激突した。その衝撃で運転手と父は死亡し、オーガスティンは重傷を負った。その結果、父が望んだような王には、母の犠牲にふさわしい王にはなれなくなった。おそらく立派な夫にもなれないだろう。

我々はすばらしい結婚生活を送っていたと、オーガスティンはピエロから聞かされていた。結婚するときは、父親のような夫になろうと彼は自分に言い聞かせていた。しかし、フレディとの間に愛はない。セックスと仕事を除けば、二人はお互いをまったく知らなかった。

事故にすべてを奪われていなければ、彼女を愛することができたかもしれない。しかし、過去を変えられるはずもなかった。

それでも、妻を愛するという点では夫として失格かもしれないが、妻を一瞬たりとも後悔させないような夫になることはできる。

オーガスティンはデスクの引き出しから五十年ものスコッチのボトルを取り出し、デスクの上に置かれていたグラスについだ。そして両親の肖像画に向かってグラスを掲げた。

「いずれ完璧な統治者が手に入るよ、父さん。ただ、思ったより長く待たなければならないかもしれないけれど」

そう語りかけたあと、彼はスコッチを一息に飲み干した。

7

その夜、ウィニフレッドはほとんど眠れなかった。休むようにというオーガスティンの忠告を無視し、その日の残りの時間を、狭いリビングルームを歩きまわって過ごし、自分が取りうる選択肢を繰り返し吟味した。

けれど、そんなものは一つもなかった。

結局、諦めてベッドに入って眠りに就いたが、二時間ほどで目が覚めた。

もう眠れそうになく、ウィニフレッドは自分への褒美として買った淡いピンクのシルクのドレッシングガウンを羽織って部屋を出た。

ときどき何もかもが手に負えなくなると、彼女は城の櫓《やぐら》の一つに赴き、古い石段をのぼって城壁の上に出た。そこからは真夏でも雪をいただくアルプスの山並みや暗く深い森が見渡せる。美しい段々畑はなだらかな牧草地へ、牧草地はイザヴェーレの首都がある谷へと続いていた。

何かに思い悩むたび、ウィニフレッドはこのすばらしい景色に心を慰められた。けれど、今日ばかりはなんの慰めも得られず、何かにすがるように腹部に手を添えた。もはや逃げるという選択肢はない。子供と別れるなんて無理だ。それはさらに嘘《うそ》を重ねることを意味するけれど、耐えなければならない。オーガスティンと赤ん坊、そしてイザヴェーレの王室を守るために。

もし私の過去――私が何者で、何をしたのかが明るみに出れば、誰も私を王室の一員として認めたがらないだろう。私の存在そのものが王室を汚すことになるから。特にオーガスティンは自国を守ろうとする気持ちが強い。彼が私の正体を知ったら……城はおろか、イザヴェーレからも追い払い、子供にも近寄らせないように仕向けるかもしれない。

それこそがあなたにふさわしいんじゃない？　心の声が意地悪く問う。

胸に鋭い痛みが走り、真実が酸のようにウィニフレッドの心をむしばんだ。

そもそも私には、この美しい場所で、愛する人と好きな仕事をする資格などなかったのだ。私がするべきは、子供が生まれたら、ここを去ることだ。母親が臆病者の嘘つきであることを子供に知られる前に。

だが、ウィニフレッドは弱かった。子供を置き去りにしてここを去るのはあまりにつらかった。

風が髪を彼女の顔に巻きつかせ、シルクのドレッシングガウンの裾をはためかせる。ウィニフレッドは身震いした。夜明けが間近に迫り、山々の雪を金色やピンク、オレンジ色に染め始めていたが、城壁の上は寒かった。

そのとき、温かく深みのある声が背後であがった。

「ああ、なんと中世的な光景だろう、フレディ。ドレッシングガウン姿の美女が城壁の上にたたずんでいるなんて」

ウィニフレッドは凍りついた。ああ、神さま、彼はここで何をしていたのでしょう？

「寒いだろう。シルクの保温機能は優れているが、その上に羽織るものが必要だ」

驚いたことに、オーガスティンが近づいてきて背後から彼女に両腕をまわして熱い体に引き寄せた。たちまちウィニフレッドの心臓は早鐘を打ちだし、口の中が乾いた。「ここで何をしているの？」

「眠れなくてね。ここに来ると、いつももやもやが吹き飛ぶんだ。フレディ……」彼は穏やかな口調で言い添えた。「リラックスして。僕はきみを温めようとしているだけだ。それ以上のことはしない」

リラックス？　私の望みは彼のぬくもりに包まれてその情熱を受け止めることなのに、どうしてリラックスできるというの？　疲れ果てていたウィニフレッドは何もかも忘れ、彼に身も心も委ねたかった。

自分の抱える秘密がいっそう重く感じられ、今にも押しつぶされそうだった。

イザヴェーレに来るまでの数年間、ウィニフレッドはずっと一人だった。そして、ようやく安息の地を見つけた気がしていたのに……。

あなたのせいよ。内なる声がなじった。あなたがすべてを台なしにしたのよ。あなたはいつもそう。

ウィニフレッドは目を閉じ、その声を無視しようとしたが、その声は心の奥深くにまで染み通った。

彼女の苦悩を察知したかのように、オーガスティンの腕に力がこもった。彼女はどうすることもできず、彼に身を委ねるしかなかった。彼のかぐわしい香りに包まれて。

自分の弱さに屈し、誰かに支えてもらいたかった。ほんの一瞬でも。それくらい許されるでしょう？

「恐れる必要はないよ。大丈夫、僕たちはうまくやれる。わかったかい？」

閉じたまぶたを涙がつつくのを感じながら、ウィニフレッドは胸の内でつぶやいた。わかっていないのは、あなたよ。自分の腕の中にいる女がどんな人間なのか、我が子の母親になる女がどんな人間か、あなたは知らない。私は人殺しなのよ。

彼女は身をこわばらせ、彼から離れようとしたが、たくましい腕でさらに強く抱きしめられた。

「昨日、きみは怖がっていたが、僕との結婚だけがその理由じゃなさそうだ。そうだね？」オーガスティンの声には警告の響きがあった。「僕は何が起こっているのか知りたいんだ」

「いいえ、怖がってなんか――」

「フレディ」その呼びかけは、形を変えた命令にほかならなかった。「僕はこのまま放っておくつもりはない」

ひとたび何かを知りたいと思ったら、オーガスティンは容赦しない。もはや彼女は逃げようがなかった。自分の行動の結果と向き合わなければならない。

背筋が震えた。真実を打ち明けたうえで、彼が二人の子供と彼女を見捨てないよう願うしかなかった。

ウィニフレッドは深く息を吸って気を引き締めてから切りだした。「私は嘘をついていました。私はあなたが思っているような人間ではないの」

オーガスティンは身じろぎもしなかった。「なんとも謎めいた人だ」彼の声には、ほんの少し愉快そうな響きがあった。「それで、本当のきみがどういう人なのか、教えてくれるのか？　もしそうなら、僕は気絶しないよう身構える必要があるのかな？」

ウィニフレッドは彼から身を離し、夜明けの冷気に震えながら振り向いた。「笑えないわ。それくらい深刻なの」

彼のまなざしが冷ややかになった。「だったら、ぜひとも説明してもらわなければならない」

彼女は意を決して切りだした。「ウィニフレッド・スコットは本名ではないし、私はイギリス出身でもないの。本当の名前はエリー・ジョーンズ。ロサンゼルス近郊の砂漠のトレーラーパークで育ったの。母はちっぽけな麻薬の売人で、私は……とても悪いことをしたために、家を出ざるをえなかった」

オーガスティンは無言で彼女を見つめ続けた。

「何年も逃げていた」彼女は勇気を振り絞って続けた。「やがて偽造パスポートを手に入れ、アメリカを離れてイギリスに渡った。しばらくは臨時のアルバイトで生計を立てていたけれど、もしきちんとした生活を望むのであれば、このままではだめだと思った。それで、偽の学位と資格、そして偽の推薦状を手に入れ、私は——」

「僕の下で働くようになった」彼は至って冷静な口調で遮った。

「ええ」ウィニフレッドは彼の視線を正面から受け止めた。「ロンドンのイザヴェーレ大使館で清掃員として働いている知人から、この職のことを聞いて応募したんです」

「なるほど」オーガスティンは腕組みをした。「実のところ、僕のセキュリティチームから、きみの履歴書には疑わしい点があると警告されていたんだ。だが、僕は無視した。緊急にＰＡが必要で、きみは最適の人材だったからだ。僕は軽率だったのかもしれない」

「陛下、私は——」

「それで、きみがした悪いこととはなんなんだ、フレディ？　いや、エリーと呼ぶべきかな？」

彼女の目に涙があふれた。何年もそのことを忘れようと努めてきたが、殺人を忘れ去るなどできるはずもなかった。

「私はもうエリーじゃない」彼女はかすれた声で答えた。「私は人を銃で撃ったんです。そして……彼は死にました」

　オーガスティンは息をのみ、まじまじと彼女を見た。彼女のすべてを見透かしているかのように。

「きみはなぜ彼を撃ったんだ？」

　ウィニフレッドは答えようとしたが、当時の記憶を思い出すのは、ひどくつらかった。トレーラーのドアがこじ開けられ、アーロンが入ってきたとき、妹たちは泣いた。母親は外の埃《ほこり》だらけの庭でパーティを開いていて、音楽ががんがん鳴り響いていた。彼はそのことを知っていた。

　アーロンは何年もの間、母親の恋人だった。けれど、彼の視線や話し方は無気味で、ウィニフレッドや妹たちにとっては脅威でしかなかった。

　あの夜、トレーラーに入ってきたアーロンは薄気味の悪い笑みを浮かべ、幼いアニーに手を伸ばした。彼にとってはウィニフレッドは年をとりすぎていた。出ていってとウィニフレッドは叫んだが、アーロンは彼女の顔を見てあざ笑い、おとなしくしていろと言った。

　ウィニフレッドは激怒していた。アーロンの本性を見抜けなかった母親に、彼が自分たち姉妹をどういう目で見ているか話しても信じなかった母親に。もちろん、アーロンにも激怒していた。

　彼がアニーに触れたとたん、ウィニフレッドは母親の寝室に駆けこみ、いちばん上の引き出しから銃を取り出した。小さな妹たちを守れないことに疲れていた。無力感にうんざりしていた。

　彼女はアーロンに銃を向け、アニーを放すように言ったが、彼は笑うだけだった。だから、撃った。そして悲劇が起きた。銃を撃ったときの反動の大きさに〔sic〕

さを知らなかったせいで、足を狙って撃った弾丸は彼の眉間に命中したのだった……。

ウィニフレッドはまだ記憶の迷路をさまよっていたが、オーガスティンに再び腕の中に引き寄せられ、はっと我に返った。

「その男は何をしたんだ、ウィニフレッド？」

彼女は震えていた。「アーロンは母の恋人だった。私や妹たちをいつもいやらしい目で見ていて、すごくいやだった。母に言っても、耳を貸してくれなかった。そしてある夜、オーガスティンが妹を引きずり出そうとしたので、私は母の銃をつかんで……」

オーガスティンは手を彼女の首から肩へと滑らせ、温かな親指で鎖骨のくぼみをなだめるように撫《な》でた。

ウィニフレッドは彼の存在をとても心強く感じた。彼ならどんな問題でも解決できるかのように、どんな困難も乗り越えられるかのように。

数年前、ビルが倒壊して、数人が命を落とし、数十人が負傷するという大事故があった。オーガスティンはその現場に赴いて犠牲者の遺族に哀悼の意を表した。彼が心からの慰撫《いぶ》と思いやりで皆を落ち着かせ、悲しみを共にする姿を目の当たりにし、ウィニフレッドは彼の偉大さを痛感した。

「きみは正しいことをしたように思う」彼が言った。

「私はとても怒っていた。銃をつかむべきじゃなかったのよ。ほかの手段をとればよかった」

「きみは何歳だったんだ？」

「十六歳」

「そして、彼の体はきみより大きかった。そうだろう？」オーガスティンの声は限りなく優しかった。

ウィニフレッドはぎこちなくうなずいた。アーロンは大男だった。

「きみはまだティーンエイジャーの女の子だった」彼はさらに続けた。「なのに、妹を守るために敢然と立ち向かった」

「そうだけれど……」

「けれど、何？」

「私は彼を殺した」彼女はあえて口にした。「撃つべきではなかったのよ……」

「ほかの誰が彼を止められたと思う？　きみたちを助けてくれる大人はいたのか？」

　喉を締めつけられて声が出ず、ウィニフレッドはただ首を横に振るしかなかった。少しして声が出るようになると、彼女は言った。「母は自分のことしか気にかけない人だったから、私しかいなかった」

　オーガスティンは大きくうなずいた。「つまり、きみは妹たちを守るために必要なことをしたんだ」穏やかに言う。「自分を守ることができない妹たちに代わって、きみが守ってやったわけだ」

　彼の言葉は筋道だって聞こえた。だが、そのときウィニフレッドの脳裏を占めていたのは銃撃事件のあとの出来事だった。母親はアーロンの死を悼むこともなく、ただ叫んでいた。娘の過ちを私が引き受けるわけにはいかない、娘はすぐに自首しなければならない、と。

　だが、彼女は自首しなかった。

「そのあと私は逃げてしまったの」涙が目の奥をちくちく刺した。「とても怖くて……刑務所に入りたくなかった。収監されたら、妹たちが無防備になる。だから、家を出るとき、妹たちも連れていったの。でも、お金なんて持っていないし、妹たちはまだ小さかったから仕事にも就けなかった。結局、ソーシャルサービスに頼るしかなかったんです」

　ソーシャルワーカーに預けたとき、姉たちが泣き叫んでいたことを昨日のことのように思い出し、ウィニフレッドは胸を引き裂かれた。

「それが妹たちにとって最善だった。しばらくして連絡を取ろうとしたのだけれど、私の素性は明かせないので、妹たちに関する情報はいっさい教えてもらえなかった」彼の目を見るのはつらかったが、ウィニフレッドは必死に目をそらすまいとした。今は真実を話しているのだと彼にわかってほしかったから。「二人のためにお金をためていたのに……私は二人の人生を台なしにしてしまった」

　こらえていた涙がついにあふれ出して頬を伝い落ち、ウィニフレッドは両手で顔を覆った。

「私はあなたの人生も台なしにしてしまった。ごめんなさい、オーガスティン。本当にごめんなさい」

　オーガスティンは、顔を覆って泣きじゃくる彼女の小さな姿をじっと見つめた。ショックはいまだ彼の中で渦を巻いていた。彼は自分のPAが抱える闇をまったく知らなかった。

　眠れない夜が明けて、新鮮な空気を吸いに城壁にのぼると、フレディがピンクのシルクのドレッシングガウンを着てたたずんでいた。オーガスティンは思わず背後から彼女を腕の中に引き寄せた。二人はもっと話をする必要があったし、彼女を誘惑してベッドに連れこんだあとなら、それができると思ったのだ。まさかこんなことになるとは思ってもみなかった。

　フレディはオーガスティンに嘘をついた。何年も嘘をつき続けてきたのだから、彼は怒るべきだった。さらに、彼女が真実を話しているかどうか、確信を持てなかった。

　だが、彼女は号泣し、その泣き声は彼の胸を揺さぶった。とうてい彼女が嘘をついているとは思えなかった。これは演技ではない。

　オーガスティンは何も考えず、本能的に彼女に手を伸ばし、再び腕の中に引き寄せた。そして彼女の顔を自分の胸に押しつけ、後頭部を手のひらで包んで、彼女が泣いている間、抱きしめ続けた。

　彼女がどれほど孤独であったかを思うと、彼は肉体的な苦痛さえ覚えた。

王位継承者という特権を享受し、愛する父親がそばにいたオーガスティンと違い、彼女には誰もいなかったのだ。彼女を気遣い、守るべき存在であるはずの母親さえも。

だから、彼女は自ら銃を取らざるをえなかったのだ。たった十六歳で。

僕のPAはろくでなしから妹を守ろうとしただけだ。もし僕が彼女だったら、同じことをしただろう。

彼女は妹たちを守った。確かに、彼女は自首をして、銃撃の責任を負うこともできた。おそらく、罪も軽くてすんだに違いない。だが、それで誰が救われただろう?

嘘をついたことに関しては……腹を立てても無意味だ。僕は昨日すでに怒っていたが、なんの役にも立たなかったのだから。

いずれにせよ、オーガスティンはもう怒りたくなかった。怒りは彼にとって安全な感情ではなかった。

嗚咽《おえつ》がやみ、彼女の温かな吐息が彼の胸をかすめた。

オーガスティンは彼女の額にかかった髪を後ろに撫《な》でつけた。「フレディ、きみは妹さんたちの人生を台なしにしたわけじゃない。救ったんだ。それに、僕の人生を台なしにしてはいないよ」

フレディは涙で濡《ぬ》れた顔を上げ、彼を見つめた。「私はあなたに嘘をついた。仕事が、お金が必要だったから。あなたにはどうしても本当のことを言えなかった。きっと私は最悪の母親になる。ただ、わかってほしいのは――」

オーガスティンは彼女の口にそっと指を立てて黙らせた。「きみが僕に嘘をついたのは事実だ。そのことについては話し合う必要がある。だが、今じゃない。それに、きみが最悪の母親になるなどありえない」彼女の唇は信じられないほど柔らかく、なぜるのをやめられない。光の加減で黒髪はいつも以上につややかに見え、黒い目も泣いたせいで少し赤いが、よりいっそう輝いていた。

「あなたには……わからないのよ」

「いや、わかる。きみはすばらしい母親になる」

「でも、私は――」

「もう何も言うな」オーガスティンは穏やかな口調で命じた。「王に刃向かうつもりか？」

あたりに漂うフレディの香りが彼の五感を刺激し、オーガスティンはいつもの渇望感が募るのを感じた。動揺している女性を相手に不謹慎な気もしたが、彼女を慰め、気を紛らせたかった。

「きみの体は冷たいな、スウィートハート」彼は優しい声音でささやいた。「僕のベッドできみの体を温めてやろう」

「どうして？　私はあなたに嘘をついたのに――」

オーガスティンは身をかがめ、今度はキスで彼女を黙らせた。

フレディは身じろぎもしなかったが、やがて突然、体の力を抜いて彼に身をあずけた。

「そんなことはどうでもいい」オーガスティンは彼女に腕をまわした。「フレディ、とりわけ今は。ここから下りよう。僕が気持ちよくさせてやるよ」

彼女は震える息を吐いた。「ありがとう」

オーガスティンは彼女の手を取り、石段を下りて彼の寝室へと導いた。まだ薄暗い室内に入ると、彼はすぐに足でドアを閉めた。それからフレディを抱き寄せ、濃厚なキスをして、彼女が上体を反らせるさまを楽しんだ。

数秒でドレッシングガウンを脱がせ、続いて薄いコットンのナイトウェアも脱がせたところで、彼はTシャツを脱ぎ、ジーンズのボタンに手を伸ばした。

そのとき、ふいにフレディが彼の足元にひざまずいて、彼に代わってボタンを外し始めた。薄明かりに照らされた彼女の裸身は驚くほど美しい。なぜ僕はこのPAの美しさに気づかなかったのだろう？

　彼女が何を始めようとしているか、尋ねるまでもなかった。

「きみを慰めるのが僕の役目だ」オーガスティンは彼女の手をつかんだ。「その逆ではない」

「ええ、わかっているわ。でも、あなたのためにしたいの。どうか私にさせて」

　彼は彼女の手を放した。すでに欲望のあかしは硬くなっている。頭がくらくらするほどに。

　フレディが彼を見上げた。その目に宿る激しい光に彼は息をのんだ。もはやそこに涙はない。

「どうすればいいか教えて」彼女は懇願した。「どうすればあなたを喜ばせることができるか教えて」

　胸の中で何かが動き、オーガスティンは鋭い痛みを覚えた。手を伸ばし、彼女の顎を包みこむ。「きみはすでに僕のために多くのことをしてくれている。だから、これはきみのためにあるべきだ」

　彼女の目に宿る激しい光に変化はないものの、愛らしい口元はゆがんでいた。「でも、これは私のためでもあるの。あなたに喜びを与えることで、私の気分はよくなるから。あなたに嘘をつき続けたことの埋め合わせをしたいのよ」

　そのときオーガスティンは理解した。僕が誰の力も借りずにうまくできるのはセックスだけだから、僕は頻繁にセックスに溺れたのだ、と。自分が単なる欠陥の寄せ集めではないことを、自分自身に証明するために。そんな僕が、どうしてフレディの要求を拒めるだろう？

　オーガスティンは再び彼女の手をつかんでジーンズのボタンへと導いた。「わかった。きみの好きなようにしてくれ、ウィニフレッド――いや、エリーと呼んだほうがいいのかな？」

「いいえ、〝エリー〟はやめて。私は今、ウィニフレッドだもの」彼女の目が陰りを帯びる。「でも本当は〝フレディ〟がいちばん好き」

その言葉にオーガスティンは我ながらびっくりするほどうれしくなった。「では、フレディ、どうすればいいか教えよう」ほほ笑みながら言う。

彼女の頬が紅潮し、美しい胸とその頂まで色づいた。「ええ、お願い」

フレディがジーンズのボタンを外し終えると、オーガスティンは彼女が望んだ指示を与えていった。

まずは冷たい指で欲望のあかしに触れ、そっと握りしめて舌を這《は》わせる。それから好きなだけ味わったあと、口に含んで……。

彼女は忠実な生徒となり、時間をかけてオーガスティンを追いつめていった。フレディが自分の前にひざまずき、満足げな吐息をもらしながら欲望のあかしへの愛撫を続けるのをずっと見ていたいと思ったが、我慢の限界が刻々と近づいているのがわかった。そのため、彼女の口を引きはがし、手早くジーンズと下着を足から抜くと、彼女を床からすくい上げてベッドに横たえた。間をおかずに彼もベッドに上がり、脚の付け根に手を滑りこませて熱く潤った襞《ひだ》をかき分けた。

フレディが身を震わせ、あえぎ声をあげ始める。オーガスティンも満足げなうなり声をあげ、彼女の脚の間に陣取った。そして彼女の頭の両脇に手を置き、位置を定めるなり、彼女の奥深くへと我が身を突き立てた。

「僕の名前を言って」彼は荒々しい声で言った。フレディの中に埋もれながら、自分の名を彼女が口にするのを聞きたかったのだ。最初のセックスでは彼女の正体を知らなかったし、二度目は彼女を味わうのに必死だった。今は違う。自分が相手にしている女性が誰か、完全に認識していた。

フレディ。ウィニフレッド。僕の妻となる女性。

イザヴェーレの女王となる女性。

オーガスティンは薄暗い部屋の中で、彼女の青白い顔をじっと見つめた。下唇の繊細な曲線、筋の通った鼻、高い額とまっすぐで濃い眉。目はどこまでも黒く、星がまたたいている。彼女は美しく、見飽きることがなかった。

「オーガスティン……」

彼女のつぶやきは祈りのように聞こえた。

「私のオーガスティン……」

その独占欲をくすぐる言葉に、彼の背筋を戦慄が走り抜けた。そう、フレディは僕のものだ。彼女は五年前から僕のPAで、今は僕の子を妊娠している。だから、彼女は僕のものだ――完全に。

おまえに嘘をつき続けた女なのに？　彼女が誰か知らなかったのに？　内なる声が嘲った。

いや、僕は彼女のことを知っていた。人生の細部までは知らなかったが、心の奥底で彼女がどんな女性か知っていた。五年間、僕のそばで働いてきた女性が几帳面《きちょうめん》で、堅実で、冷静な性格であることを。その下には情熱と思いやりがあり、何よりも僕のフレディは勇敢だった。

オーガスティンはうなり声をあげ、動き始めた。最初はゆっくりと、しだいに速く、激しく。

フレディの爪が背中に食いこむ。彼にはできないことがたくさんあったが、彼女を喜ばせることはできた。彼女を守ることも。フレディには、彼女と世界の間に立ってくれる誰かが必要だ。彼女は長い間、僕のためにそうしてくれていたのだ。今度は僕がその誰かになって彼女を――僕の子供の母親を守らなくてはならない。

どうしてそんなことができるんだ？　一国を統治するのもままならないくせに。

その声を無視して、オーガスティンは彼女を深々と貫いた。「もう一度、僕の名を呼んでくれ」

「オーガスティン……」

その柔らかくハスキーな声で自分の名を聞き、独占欲がこみ上げる。彼はフレディの腰をつかんで角度を変え、さらに深く貫いた。

「あなた……」その言葉はうめき声となってフレディの唇からもれた。「私は……あなたのものよ」

彼はその言葉に歓喜した。本来は女性を独占することに喜びを覚える男ではなかったし、そうなりたいと思ったこともなかった。しかし、相手がフレディの場合は違った。

オーガスティンは彼女から目を離さず、フレディが彼の名を叫びながらクライマックスを迎えるさまを見守った。彼もすぐに続いて自らを解き放ち、一緒に恍惚《こうこつ》の海を漂った。

8

ウィニフレッドはオーガスティンが誰かと話している声で目を覚ました。そして、すぐさま思い出した。早朝の城壁の上で思いがけず彼と出会い、自分の過去を打ち明けたことを。

昨夜は三回か四回、愛し合ったあと、そのまま彼のベッドで眠りに落ちた。城壁の上で感情の嵐に巻きこまれて疲れきっていた彼女にとって、彼の温かな腕に包まれて眠るのは最高に心地よかった。心のどこかで自分はもう安全だと確信したかのように。

本当に？

その疑念を押し殺し、ウィニフレッドは目を開けた。オーガスティンがドアを閉めたところだった。

彼は振り返り、窓際の低いテーブルに置かれたトレイのところまで来た。

朝食だ。コーヒーにベーコン、卵料理。それにワッフルもある。彼女はワッフルが大好きだった。

食欲をそそられて身を起こし、シーツを体に巻きつける。それでも、少し無防備な気がした。

ウィニフレッドは城壁の上で彼に多くを話し、泣いた。そのあとベッドに連れていかれて……。

とたんに体がかっと熱くなった。

名前を呼んでくれと彼に請われたとき、私はささやいた。〝私のオーガスティン〟と。いったい何が私をそうさせたのだろう？　彼は私に覆いかぶさり、欲望のあかしを私の中にうずめていた。私は突然、独占欲に駆られて、彼は私のものだと思ったのだ。

ウィニフレッドは彼のために働いていたが、しばらくの間、それは仕事というより、オーガスティンの介助だと考えていた。そう、愚かにも王に恋をしてしまった彼女にとって、彼の面倒を見るのはまさに彼女の望むところだった。けれど、自分の安全を確保するためには、彼への愛は封印されなければならなかった。

オーガスティンが振り返り、ほほ笑んだ。そのすばらしい笑顔に、ウィニフレッドの胸はときめいた。

「おはよう、フレディ。今朝もきみは美しい」

彼がベッドに近づいてきて、彼女のすぐそばに腰かけた。昨日と同じくジーンズにTシャツという格好だ。美しいのは彼であって、私ではない。

「おなかがすいただろう？　朝食を持ってきてもらった。食べ終えたら、結婚式のことを話そう」

ウィニフレッドは目をしばたたき、無意識のうちにシーツを握りしめた。「結婚式？　まだ私と結婚したいというの？　私の過去を知っても？」

「きみはまだ妊娠しているんだろう？」彼は彼女の腹部のふくらみを見て続けた。「つまり、僕たちの結婚話もまだ続いているわけだ」

「でも、私はあなたに嘘《うそ》をついたのよ、オーガスティン。たくさんの嘘をついてきた。それに人を銃で撃ったのよ。なのに、どうして――」

オーガスティンは彼女の顔を両手で包み、キスで口を封じた。「さあ、朝食をとろう、フレディ。話し合いはそれからだ」

彼の決意が固いことを知って、ウィニフレッドは過去から逃げるのをやめなければならないと悟った。いずれにせよ、オーガスティンは彼女の過去をすべて知ったのに、怒っているようには見えなかった。なぜかはわからないが、ほっとしたことは確かだった。とにかく、彼女は今、おなかがすいていて、トレイから立ちのぼる匂いに頭がくらくらした。

「わかったわ」彼女はしぶしぶ応じた。

彼は再びほほ笑んで立ち上がり、彼女のシルクのドレッシングガウンを床から取り上げた。自らの手で彼女に着せるつもりに違いない。裸身を彼に見られているかと思うと、心臓が早鐘を打ちだした。ウィニフレッドは自分の体に自信がなかった。彼の過去の恋人たちと比べたら……。

オーガスティンはなんの不満も口にしなかったけれど。実際、彼は長い時間をかけて、彼女の体の曲線を丁寧に手と口でなぞり、楽しんでいた。

ウィニフレッドはこれまで、自分の容姿について深く考えたことはなかった。逃亡中はなるべく自分の女性的な部分を見せないよう努めてきた。オーガスティンと仕事をするようになったときも、注目を集めないような服装を心がけた。

しかし今、オーガスティンはドレッシングガウンを手にして、すぐそこに立っている。明らかに彼女の裸身を見たがっているような熱を帯びた目で。

ウィニフレッドは身震いしながら、シーツを剥がしてベッドを出て、彼のそばに行った。

「きみが自分で服を着るのは禁止にしようかな」オーガスティンはつぶやきながらガウンを着せて、彼女を腕の中に包みこんだ。「これからは、きみに服を着せるのは僕の仕事だ」

彼の手でベルトを巻きつけられ、ぎゅっと抱きしめられたとたん、ウィニフレッドは再び身を震わせた。「朝食をとるんじゃなかったの？」

「ふうむ」オーガスティンは彼女の首に唇を這《は》わせた。「もう少しあとにしようか？」

ウィニフレッドは誘惑されかけたが、ぐっとこらえた。彼が言ったように、私たちは話し合う必要がある。「いいえ、話し合わないと」

「だったら、きみの意見を尊重しよう」

オーガスティンは失望したそぶりを見せることなく彼女を解放し、きれいな手を取ってテーブルへといざなった。礼儀正しく彼女のために椅子を引いて座らせてから、向かいの椅子に腰を下ろすと、オレンジジュースをグラスにつぎ、食べ物を皿に取り分け始めた。彼がワッフルを皿に盛り、苺《いちご》とクリームとメープルシロップを添えているのを見て、ウィニフレッドは驚いた。自分の好みに彼が気づいていたことに。さらに、オーガスティンがかりかりに焼いたベーコンを皿に盛ると、うれしくなった。ただ、彼に給仕をしてもらうのは気が引けた。

「自分で取るわ」

「僕に任せてくれ。きみの夫として、きみの世話を焼きたいんだ」

「あなたは私の夫じゃないわ」

オーガスティンはオレンジジュースを彼女のほうに押しやった。「だが、すぐにそうなる」

ウィニフレッドは首を横に振った。「私のような者を女王の座に就かせるわけにはいかないでしょう。陛下、私には……人を殺した過去があるのよ」

料理を盛った皿をウィニフレッドは彼女に手渡し

た。「第一に、フレディ、〝陛下〟はやめてくれ。第二に、きみのような女性こそが女王にふさわしい。そして第三に、きみは人殺しではない。あのろくでなしからただ妹を守ろうとしただけだ」

「でも、私は……法に裁かれる可能性があるのよ」

「きみは警察に追われている身なのか?」

彼女はしぶしぶ皿を受け取り、それをテーブルに置いた。「わからない。知るのが怖かったから」

「だったら、調べてみるよ。そのあとで対処する」

オーガスティンは愉快そうに目をきらめかせたが、声には鋭さがあった。「そうでなければ王としての存在価値はない。そうだろう？」

彼には物事を楽観視する傾向があった。

「だけど、私は——」

「フレディ、きみを刑務所には行かせないよ」

ウィニフレッドは首筋が熱くなるのを感じた。

あなたは刑務所に行くべきよ。もう一人の自分がささやく。罪を償わなくてはならない。

彼女はほとんど絶望的な感情に襲われた。刑務所に入りたくないというのは自己本位なのだろうか？母と同じく。

キャシー・リンは子供を欲しがらなかった。三人の娘を産んだのは、父親たちが望んだからだ。しかしその後、父親たちはキャシー・リンの手に子供たちを委ねて家を出ていった。母親は愚痴をこぼしたが、そんな資格はなかった。幼い妹たちの面倒を見ていたのはウィニフレッドだったのだから。

一日中ソファに寝転んでテレビを見たり、庭でパーティを開いたり、ちょっとした麻薬の取り引きをしたり……。やがてアーロンの出現で、彼女はさらに子育てに無関心になった。

「いいえ」ウィニフレッドは皿に目を落としながら言った。「私は罪を償わなければなりません」

「自分を守った罪、あるいは妹をかばった罪を？」

ウィニフレッドは食べるべきだとわかっていたが、食欲が急に失《う》せた。「母は何に対してもけっして責任を負おうとはしなかった。いつも自分のことばかりで、思いどおりにならないと、必ず誰かのせいにした」息をついて彼を見る。「アーロンが私や妹たちに不快な思いをさせたと言っても、信じなかった。私が嘘をついていると言って」

幼いアニーの手首をつかんで引きずりながらアーロンが迫ってきたときの激しい怒りを、ウィニフレッドは今もはっきりと覚えていた。同時に、自分を守ってくれるはずの、自分を信じてくれるはずの唯一の人に裏切られたという絶望感も。

「だけど、この件で母を責めることはできない。銃の引き金を引いたのは母ではなく、私なのだから。ただ、母には何も期待できないとわかり、私は妹たちを一緒に連れていかなければならなかった。でも、私には妹二人を養う力はなかった……」彼女はしゃくり上げそうになったが、もう泣くつもりはなかったので、必死にこらえた。「ソーシャルワーカーが迎えに来たとき、二人は泣くばかりだった」

長い沈黙のあとで、オーガスティンが口を開いた。「きみの母親はきみに寄り添うべきだった。きみを守るのが彼女の役目だ。引き金を引いたのはきみだが、そうせざるをえない立場に追いこんだのは、きみの母親だ」

「ただ……」彼女はかすれた声で言った。「私はときどき、母と同じように責任逃れをしているように感じるときがあるの。妹たちの面倒を見たくなかったから、手放したのではないかって」

「もしそうだとしたら、きみは妹たちをお母さんに預けていたはずだ」オーガスティンは鋭い視線を彼女に注いだ。「フレディ、もしきみが逃げなかったら、刑務所に入れられていたかもしれない。そして、みんなが不幸になった。もちろん、無罪放免となる可能性もあっただろうが、どのみち、きみがここに来て僕を助けることはなかった。きみはこの五年間、実質的にこの国を運営してきた。わかるだろう?」

ウィニフレッドは小さな衝撃に襲われた。「いいえ、私は単なるPAにすぎない。ただあなたの手足となって動いていただけ」

「いや、きみがいなければ、僕にできるのは舞踏会でいい顔をしたり、メディアに愛嬌《あいきょう》を振りまいたりすることくらいだ。まったく情けない王だ。その事実を無視するのか?」

「いいえ、あなたは立派な王よ」ウィニフレッドは優しい口調で反論した。「パーティやメディアでの役割をこなすと、よりずっと大事なことをあなたはやっている。イザヴェーレの国民はオーガスティン、あなたを敬愛している。そのことは、あなただって知っているはず」彼の名前をさりげなく口にできたことに、彼女は興奮を覚えた。

「彼らは知らないんだ、僕には大きな秘密があることを」

確かに、オーガスティンは読み書きができないという大きな障害を抱えていた。そのことに対して彼が歯牙にもかけないような態度をとっていたので、ウィニフレッドはかえって痛ましく感じていた。理想的な王を目指していたことを考えれば、彼が深い苦悩に苛《さいな》まれているのは疑う余地がなかった。

外傷性脳損傷――それは彼の下で働き始めた初日に、オーガスティンが打ち明けた病名だった。以来、ウィニフレッドは脳障害について自分なりに調べ、性格の変化、疲労、思考の混濁、失語症、その他の症状について知見を深めてきた。

なぜ症状を秘密にしておかなければならないのか、尋ねたことがある。彼から返ってきたのは、無能な王など誰も望まないというものだった。ウィニフレッドは反論した。あなたは無能ではないし、あなたにしかできないことがいくつもある、だから国民はあなたの欠陥など気にしない、と。

オーガスティンはそれには答えなかった。その後、彼女はその話を持ち出さなかった。彼女はただのPAにすぎず、王に質問する権利などないからだ。ただし、今はただのPAではなかった。まもなく彼の妻になるのだから。

それが具体的にどういうことなのか、ウィニフレッドは知らなかったが、王宮の図書室で本を読みあさり、映画もたくさん見た。

あなたは本当にそれでいいの？　心の声が問う。愛のために結婚することがあなたの夢だったはず。彼との結婚は明らかに違う。あなたは彼を愛しているけれど、彼があなたに愛を返してくれる可能性はないのだから。それでいいの？

いぶかる声を、ウィニフレッドは無視した。私は人生のほとんどを愛なしで生きてきたのだから、彼に愛されなくてもかまわない。ただ、私との結婚をどのように考えているのかは、正確に知りたい。

彼女はフォークを置いた。「それで、今回の結婚について……あなたはどう考えているの？」

オーガスティンはポットを手に取り、濃厚なコーヒーをカップについだ。いい香りだ。彼の顔に満足げな表情が浮かんだ。

昨夜のセックスは最高だった。そして今朝は、おいしいコーヒーがあり、フレディが真向かいに座っている。ピンクのガウンを身につけている彼女はゴージャスで、昨日、目の中にあった苦悩は完全に消えていた。髪はゆったりと肩にかかり、首筋には黒ずんだあざがある。キスマークだ。オーガスティンは椅子の背にもたれ、コーヒーを飲みながらしばらく彼女を見つめていた。

そして今、フレディはいつもの落ち着き払った声で彼に質問した。

彼女は自己本位の女性ではないと確信していた。自分を守ってくれない母親から逃げ出した彼女をどうして責められよう。妹たちの面倒を見るのを放棄した十六歳の少女をどうして非難できるだろう。僕に嘘をついたことも理解できる。彼女をＰＡにしたことを後悔してはいない。

オーガスティンは彼女のプロフェッショナルな態度が好きだった。そして、フレディはもはや彼の従業員ではなく、彼の妻であり、彼の子の母親だった。「まず第一に、きみは僕のＰＡでなくなる」彼はゆっくりと切りだした。「つまり、僕に対してプロフェッショナルである必要はないということだ」

「でも、そうなると誰があなたのＰＡになるの？」

いい質問だった。だが、この二十四時間はあまりにもめまぐるしくすぎたため、オーガスティンはまったく考えていなかった。

「日常的な雑務については誰かに任せられると思う。もっと個人的な要望についても応えてくれるのが理想だが……」彼はそれを二重の意味で言ったわけではないが、結果的にそのように聞こえた。

フレディの頬骨がピンクに染まったが、穏やかな表情は保たれている。「私は真剣にきいているの」

「僕だって真剣に答えている。僕宛てのメールや手紙は従来どおりきみが読んでくれれば、さしあたり問題はない」

彼女は顔をしかめたものの、何も言わず、ワッフルを食べてからさらに尋ねた。「私たちはどうするの？　夫婦として暮らすの？」

「もちろんだ」オーガスティンはコーヒーをもう一口飲んだ。「僕のベッドと居室を共有し、きみが戴冠したあかつきには、当然ながら公務も共有することになるだろう」

彼女はフォークを置き、眉間にしわを寄せて言った。「オーガスティン……」

　ハスキーな声で自分の名を口にされ、たちまち彼の中に欲望が芽生えた。

「女王になんてなれない。私はトレーラーパークで育った女よ。そのうえ、母は麻薬の売人だった」

「それで？」オーガスティンは彼女の暗い視線を受け止めた。「きみは、きみの母親じゃない」

「だからって、私が人を殺したという事実は変わらない」フレディはきっぱりと言った。「そして私はあなたに嘘をついた」

「きみは妹を守ろうとして人を撃っただけだし、そのあと自分の人生を立て直そうと努めた。きみはここに来てから些細《ささい》な盗みとかに手を染めたか？」

　彼女は顔をしかめた。「まさか」

「麻薬を売りさばいたことは？」

「もちろん、ないわ」

「そう、きみはこの五年間、プロフェッショナルに徹していた。王室の財源や経費、宝石などに簡単にアクセスできる立場にありながら」オーガスティンはカップを置いた。「きみはここに来てから何か盗んだか？　誰かを撃ったか？」

　フレディはためていた息を吐いた。「いいえ」

　彼はほほ笑んだ。「スウィートハート、事実はきみの目の前にある。きみがどう思おうと、きみは犯罪者ではない」テーブル越しに彼女の指をそっと握る。「トレーラーパークでの生活について話してくれないか？　きみのすべてが知りたいんだ」

「どうして？　うんざりするだけなのに」

「フレディ、きみに関する話にうんざりするなどありえない」オーガスティンは彼女の顔を探りながら言い添えた。「ほかに隠し事があるなら別だが」

　なぜか彼女は顔を赤らめた。「いいえ、何も隠していないわ」

「本当に？　何かある気がするんだが……」

フレディが手を引っこめると、オーガスティンはほかに何を隠しているのだろうと考えながらも、今すぐ彼女とベッドに戻りたい衝動に駆られた。そこなら二人の間にはなんの障壁もなかったから。

「もうすべて話したわ。あなたはどうなの？　一方通行では不公平よ、陛下」

フレディが仕事モードに戻ったのは明らかで、彼は気に入らなかった。「僕のことはすべて知っているはずだ。事故の後遺症で、読み書きができず、情緒不安定。ほかに何かあるか？」

彼女は皿を押しのけ、テーブルに肘をついてから、暗い目で彼を見つめた。「あなたの子供時代のことを私は何も知らない」

彼女の言葉に、なぜかオーガスティンは驚いた。彼の子供時代は理想的なものだったから、まるで電線に触れたかのように驚く理由はなかった。「僕は王宮で育ち、幼い頃から帝王教育を施された。父は善良で、優れた統治者だった。きみに打ち明けるようなトラウマはない」

「けれど、お母さまのことはあまり話さないでしょう」彼女は慎重に指摘した。

また電撃が走ったが、オーガスティンは無視した。「話すことがないからだ。母は僕が一歳のときに亡くなったから、母に関する記憶はないんだ」

「お父さまはお母さまのことを話してくれた？」

「ああ、断片的には。それから察するに、すてきな女性だったらしい」彼はカップに手を伸ばし、コーヒーをもう一口飲んだ。「次の質問は？」

フレディは心の中をのぞこうとするかのように、彼を見つめた。父親が望んだ王でも、母親が命を捧《ささ》げた王でもなく、彼の心の中にいる壊れた男を。

「ごめんなさい」彼女はつぶやいた。「それはお気の毒に」

「はるか昔のことだ」オーガスティンはいらだちを

抑えきれなかった。

沈黙が落ちた。フレディはまだ彼を見ていた。少し顔をしかめているが、黒い瞳は慈愛に満ちている。

「彼女は癌《がん》を患っていたと聞いたわ」

彼女に話したほうがいい、と彼は思った。話してもなんの支障もないはずだ。

「そのとおりだ。僕を妊娠してまもなく乳癌が見つかったんだ。そして、母は僕が生まれるまでは治療を受けないと決めた」奇妙なことに、オーガスティンは自分の口元に笑みが宿るのを感じた。「あいにく、僕を産んだときには癌は進行していて、もう手の施しようがなかった」

フレディの目を何かがよぎった。痛み、そして同情。彼はどちらも必要とせず、欲しくもなかった。

母は息子のために命を捧げた。オーガスティンに選択の余地はなかった。その代わり、彼は母の犠牲を無駄にしないよう、最高の王になるつもりでいた。だが、あの事故で父親は亡くなり、あの前途有望だった若者も一緒に死んでしまったのだ……。

その後、オーガスティンは自分があの若者と同一人物であるふりをしたが、実態はかけ離れていた。

今の彼はより暗く、よりせっかちで、自分を制御するのがかつてほど得意ではなくなっていた。入院中、彼は自分では制御できないいらだちと怒りを経験した。病室を破壊し、スタッフを恐怖に陥れた。国王になってからも、王宮で同じようなことをしていた。怒りに任せて、物を壊したりスタッフに当たり散らしたり。だが、フレディが来てからは、そんな暴挙に及んだことはなかった。彼女はオーガスティンを落ち着かせ、精神面での安定をもたらした。とはいえ、怒りやいらだちが消えたわけではない。胸の底に居座り、ときに圧倒されることもあった。

ふいに目の奥が痛くなり、頭痛が始まったことに気づいた。彼の頭痛に関してフレディは第六感を持っているようで、すぐに察知する。そして頭痛を和らげる首のマッサージに取りかかろうとする。しかし、彼は今、それを望んでいなかった。もう彼女の仕事ではないからだ。

彼女が近づいてくるのを見て、オーガスティンはとっさに立ち上がった。「もうきみの手を煩わせるつもりはない。きみの面倒を見るのが僕の仕事だ」

「でも、あなたを癒やしたいの」

「心配無用だ」彼は気持ちを落ち着かせようと一息ついた。「今の僕は一人でうまくやれることは少ないが、きみの世話はその一つだ。だから、僕のことはかまわないでくれ」

彼女は両手を脇に垂らし、うなずいた。

オーガスティンは彼女の椅子を引いて座らせ、言った。「さあ、きみの子供の頃のことを話してほしい——何もかも」

9

ウィニフレッドはやがて、大きな流れに自分がのみこまれつつあることに気づいた。まず、イザヴェーレ国王の結婚が間近に迫っていることが華々しく公表された。

彼女は緊張していた。プレイボーイとして名を馳《は》せていたイザヴェーレ王がどんな女性を妻に選んだのか、世間の人たちが大いに興味をそそられるのは間違いなく、いっせいに詮索が始まるだろう。幸い、王宮の広報スタッフは優秀で、シンデレラ的な要素を盛りこんだ壮大なラブストーリーをつくりあげた。

彼らはウィニフレッドの過去をどう取り繕うべきか話し合った。けれど、彼女は自分の過去を秘密にしておくわけにはいかないと決心していた。いずれ誰かに暴かれるだろうから、正面から向き合ったほうがいいというのが彼女の考えだった。真実を明らかにすれば、広報はストーリーをコントロールできるし、メディアの攻勢に対処しやすくなるからだ。

アーロンの死については、オーガスティンが調べてくれた。時効が成立しているのは言うまでもないが、すでに性犯罪で逮捕歴のある麻薬ディーラーの死には、誰も興味を示していなかった。ウィニフレッドの母親については、覚醒剤の売買で刑務所に送られ、すぐに出所することはないという。

結局、プレスリリースには彼女の過去の詳細が記載され、国王は何年も前から真実を知っていたが、彼女を守ってきたと強調された。ウィニフレッドは国王からはもちろん、アメリカ大使館からも全面的な支持を受けていることも明らかにされていた。

彼女自身も驚いたことに、イザヴェーレの国民も悲惨な過去を持つ彼女を熱烈に支持した。自分たちの王がメディアのスターであることにある種の誇りを持っていただけに、将来の女王がスキャンダラスな経歴の持ち主であることに興奮を覚えたのだ。

国王とPAの物語はあらゆるメディアに取り上げられ、ある新聞は〝これぞ永遠のシンデレラストーリー〟だと高らかに謳《うた》いあげた。

オーガスティンがウィニフレッドの妹の捜索に着手したところ、すぐに所在がわかって連絡がついた。ウィニフレッドは妹二人とビデオ通話をし、彼女たちがトレーラーパークで逃した愛情に満ちた子供時代を与えてくれたすばらしい里親に恵まれたことを知ると、思わず涙ぐんだ。

アニーは大学受験の最中で、末の妹は高校に入ったばかりだが、ウィニフレッドがブライズメイドにならないかと誘うと、二人とも大喜びした。

オーガスティンはまた、ウィニフレッドの世話をするという約束をしっかり果たしていた。まるでこの五年間、彼女が王に代わって国を治めてきたことの埋め合わせをするかのように。

そんなふうに考えるのはばかげている、とウィニフレッドは思った。オーガスティンを助けてきたのは事実だが、すべての決定権は彼が握っていた。そして、文字が読めないからこそ、報告書やその他の情報に煩わされることなく、要人やメディアとのやり取りに多くの時間を割けたのだ。

もっとも、オーガスティンはプレスリリースを読むことはできなかったが、何を言うべきかは知っていた。そして、よく国民と対話していたので、彼らが何を望んでいるかを余すことなく知っていた。

なのに、彼は自分の限界についてしばしば不機嫌そうに語った。それがなぜなのか、ウィニフレッドは気になった。というのも、彼女はもうオーガスティンのPAではなく、まもなく彼の妻になるからだ。

彼は、二人の結婚はあらゆる意味で本物になると言っていたので、妻として彼を支えるには、彼のことをもっと知る必要があると考えていた。

ボスとして、王として、あるいは空想の対象としてなら、オーガスティンのことを知っていても、素の彼をウィニフレッドは知らなかった。彼は自分の弱みをけっして彼女に見せない。頭痛以外は。

彼女にとっては、それだけでは充分ではなかった。

プレスリリースが出されてから一週間、オーガスティンは精力的に動きだした。イベントチームにロイヤルウエディングと祝賀舞踏会の計画を立てさせ、彼女の妊娠を見守る医療体制を整備した。王妃の住まいの改修、そして王宮の子供部屋の改修に関する話し合いも始めた。さらにウエディングドレスや公式行事用の衣装の制作を、それぞれ別のデザイナーに依頼した。もちろん、戴冠式の準備も抜かりなく進めていた。

彼が全力を尽くしていること、出費を惜しまないことは明らかだった。

プライベートでも全力を尽くした。

毎晩オーガスティンはフレディを彼のベッドに招き入れ、すべての食事を彼女と共にした。そしてベッドで、食事の席で、フレディが何を望んでいるか、今起きているさまざまな事柄についてどう考えているか、質問を重ねた。

何年もの間、彼の注目を浴びることがなかっただけに、ウィニフレッドの喜びはひとしおだった。けれど、完全には取り除けない根本的な不安が消えることはなかった。というのも、オーガスティンは自分のことを話さず、彼女が尋ねるたびに、はぐらかしたり、冗談に紛らしたりしたからだ。

母親が彼を産むために癌《がん》の治療を拒否したことを話して以来、ウィニフレッドは彼の両親についてできる限りの情報を集めた。そして、母親を知らないことが彼に大きな影響を及ぼしていると確信した。さもなければ、彼が母親のことをあんなふうに気軽に話すわけがない。あれは本心を隠すための演技なのだ。

ピエロ・ソラーリは優れた王だった。教養人であった彼は、教育の重要性を説き、自分にもスタッフにも高いパフォーマンスを要求して、長時間働いた。彼は国民の生活改善のために力を尽くす一方で、その高潔な人柄のゆえに、国民の目には往々にして近寄りがたい人物に見えた。だが、国民は女王を心から愛し、王自身も妻を愛していた。それは彼が再婚を拒否したことからも明らかだ。

ウィニフレッドは、オーガスティンもまた善良で、愛すべき人だと知っていた。しかし彼女は、ピエロが要求した高い水準が息子に悪影響を与えたのではないかと疑っていた。さもなければ、彼があれほど自分に厳しいわけがない。

今、彼女はオーガスティンのオフィスで、ピエロが死亡し、オーガスティンが重傷を負った事故に関するプレスリリースを読んでいた。

そのとき突然、オーガスティンが携帯電話を耳にあてがいながら入ってきた。「フレディ」彼は鋭い口調で呼びかけた。「来週、スキャンの検査が入っていたね？　午前中だが、大丈夫か？」

彼女は少々ショックを受けた。うっかり忘れていたからだ。「ええ」

「ああ、予定どおりだ」そう言ってオーガスティンは通話を切った。そして携帯電話をズボンのポケットに突っこむと、彼女に近づいた。「何をしているんだ？　午後はのんびり過ごせたかい？」

彼の愛想のよさに、ウィニフレッドはどきっとした。彼は疲れているように見えた。結婚式の準備で、だいぶ無理をしているのだ。

ウィニフレッドはうなずいた。そして、彼が疲労《ひろう》困憊《こんぱい》のときに、彼の両親のことや、彼がまだ話していないことを思い出させるのは気が引けるので、ノートパソコンを閉じた。「ただスプレッドシートを見ていただけ」

「いや、そうじゃない」彼はまだほほ笑んでいたが、そこにはぎこちなさが見て取れた。「パソコンの画面に王家の紋章がちらりと見えた」

「なんでもないのよ、オーガスティン」ウィニフレッドは笑みを返した。「本当に」

彼の表情が陰りを帯びた。「僕に気を遣わないでくれ」声もとがっている。

疲れている彼を思いやってのこととはいえ、嘘《うそ》はよくないわ。あなたは正直に言うべきよ。心の声が諭した。そうしなければ、結婚生活はいずれつまずくでしょう。それどころか、すべての決定権を握る彼にあなたが遠慮して意見するのを差し控えたりしたら、国の運営さえ危うくするかもしれないのよ。

確かにそうだ、とウィニフレッドは思った。オーガスティンはもう私のボスでも、私が仕える王でもなく、私の夫だ。彼のPAではなく、妻なのだから、二人は対等であるべきだ。そうでしょう？

わずかの間をおいて、彼女は言った。「あなたのお父さまについてもっと知りたかったの」

オーガスティンは眉をひそめた。「なぜだ？」

「あなたが話してくれないから」ウィニフレッドは彼の目を見て答えた。「交通事故のことも話してくれないし、子供の頃のことも。私が尋ねるたび、あなたは話をそらしてしまう」

彼は肩をすくめた。「どうでもいいことだから」

「いいえ、重要よ。あなたは私の生い立ちも、ひどい母親のこともすべて知っている。なのに、私はあなたのことを何も知らない。不公平じゃない？」

彼の表情は読み取れなかったが、それは彼がこの質問を好まないことを物語っていた。「わかった。それで、きみは何を知りたいんだ？」

ウィニフレッドは目をしばたたいた。「私はただ……あなたは子供の頃のことや事故のことをほとんど話さないから……」

オーガスティンの目を痛みのようなものがよぎった。彼女は腰を浮かせ、彼のもとへ行こうとしたが、彼が顔をこわばらせたのを見て、思い直した。

「僕はもう子供じゃない。大丈夫、慰めはいらない。もう昔の話だ」

「ごめんなさい」ウィニフレッドは固まった。「怒らせるつもりはなかったの」

彼の目は冷ややかで、つかの間、表情を曇らせた。しかしすぐに和らぎ、右手でこめかみをこすった。

「僕のほうこそ、いらだったりしてすまなかった。今日は忙しかったから、疲れているんだ」

彼の首や肩の凝りをほぐしてやりたくて、指がうずうずした。しかし、ウィニフレッドはもはや彼の

ＰＡではなかった。そして、もうＰＡには戻りたくなかった。彼の妻になりたかったから。

「オーガスティン」彼女はきっぱりと言った。「あなたがくれるものならなんでも受け取って、それで私が満足するとは思わないで。私はもうあなたのＰＡではないのだから。あなたは完全な結婚を望んでいるけれど、完全な結婚はギブ・アンド・テイクでなければならない。わかる？」

彼の力強い顎が引き締まった。「だから？ きみは事故の記事を読んだのだろう？ 雪道で車がスリップし、運転手はコントロールできなくなった。誰のせいでもない。父と運転手は即死、僕は怪我《けが》をした。それがすべてだ」

私が知りたいのはそんなことじゃないのに。彼女はため息をついた。「重傷を負ったのよね？」

「最も基本的な身体機能を回復させるのに一年かかる怪我を〝重傷〟と呼ぶなら、そう、僕は重傷を負ったことになる」

「どうして軽んじるの？」ウィニフレッドは率直に疑問をぶつけた。「なぜ、あなたはいつもそんなふうに軽く言うの？ 怪我に限らず、大切な事柄について？」

オーガスティンの顔は御影石《みかげいし》のようだった。「そんなことはない」

「いいえ、あなたは自分にとって明らかにつらいこと、ひどいことは、ことごとく冗談に紛らす。どうして？ そのほうが楽だから？」

彼の顔が引きつった。「今この話をする必要があるのか？」

ウィニフレッドの胸に痛みが走った。話を続けて彼をさらに苦しめたくなかった。けれど、オーガスティンのＰＡではなく、妻になるつもりなら、彼のすべてを知らなければならない。「ええ」彼女はきっぱりと言った。

オーガスティンは話したくなかった。結婚を間近に控え、フレディが彼の過去にここまで興味を示すとは思ってもいなかった。なぜなら、この五年間、彼女は一度も尋ねたことがなかったからだ。

しかし、今はもう部下ではないのだから、フレディにいらだちをぶつけるべきではなかった。だが、彼女にあの事故のことを持ち出されたとたん、瞬時に悲しみの炎に胸を焼かれた。そして彼女が慰めようとしたため、さらに気持ちが不安定になった。

フレディは多くを見すぎていた。彼女はほかの誰とも違うやり方でオーガスティンに同調したが、彼はそれが好ましいのかどうか確信が持てなかった。

彼女は間違ってはいない。内なる声が指摘した。おまえは自らは情報を提供しようとしないのに、彼女に情報を求め続けた。フェアじゃない。

そう、フェアではない。わかっていながらも、オーガスティンは話したくなかった。フレディは、予期せぬ方法で彼に影響を及ぼしている。彼にはこれ以上彼女の影響力に対処する術《すべ》を持たなかった。

すべてを知れば、フレディは事故のことや僕の子供時代について質問をしなくなり、彼女の影響力も弱まるに違いない。オーガスティンはポケットに手を突っこんだ。「確かに、僕は物事を軽く考えている。なぜなら、深刻に受け止めたところで、笑うか泣くかのどちらかしかないからだ。そうだろう？」

彼女の黒い瞳が彼をとらえた。「そして、あなたは笑っているほうがいいのね？」

「当然だ。王が泣くなんてあってはならない」

「国王らしからぬことをしても、あなたはこれまで一度も気にしたことはなかった」

またも予期せぬ発言に、オーガスティンは歯を食いしばった。「それは、マスコミは僕が奔放に振舞うのが大好きだからだ。きみだってわかっているだろう、フレディ？」

「でも、スキャンダラスなことばかりじゃないでしょう。ホームレスのために昨年設立したシェルターは？ あるいは、私財を投じて設立した女性専用の病院は？」

そのどちらも重要ではないかのように、彼は肩をすくめて冗談に紛らしたかった。なぜなら、それらのプロジェクトは些細《ささい》で、父親の期待にわずかに沿う程度にすぎないものだったから。

しかし、今また気のないことを言ったり、鼻で笑ったりしたら、それらのプロジェクトが彼にとっていかに重要かを知られてしまうだろう。だから、彼はただ尋ねた。「それがどうした？」

「あなたにとっては大したことじゃないのね？」

「そのとおり。実際、大したことじゃない」

フレディは顔をしかめた。「いいえ、もちろん大したことよ。その恩恵を被った人たちにとっては。なぜそれを否定するの？」

彼は胸を締めつけられた。「父は公的医療制度全般を見直し、誰でも高水準の医療を受けられるようにしたんだ。それは大変なことだった」

彼女は無言でオーガスティンを見つめたあとで言った。「お父さまはとても気高い理想を――高い基準を設けていた。そうでしょう？」

彼の中で何かが凍りついた。「きみは何が言いたいんだ？ 父は確かに、国民にとって最善のものを望んでいたから、当然ながら高い基準を設けている。それが悪いとでも？」

「そんなことは言っていないわ」フレディは落ち着いた声で否定した。

国全体を率いる指導者で、国民の命を預かる身なのだから、王は重責を担わなければならないし、当然ながら王自身も高い基準を求められる。そして、事故後の僕は……その基準に達することができない。

その思いをオーガスティンは無理やり頭から追い払った。「ああ、確かに」

フレディは眉間に小さなしわを寄せて彼を見つめた。まるで何かを理解しようとするかのように。オーガスティンはそのしわを指で伸ばしたくなった。

そのとき彼女が言った。「あなたも自分自身に対して高い基準を設けているんでしょう？」

彼は苦笑いをした。「僕が？　まさか。僕には目指すべき基準などまったくない」

「嘘はやめて」フレディは立ち上がり、デスクの横をまわりこんだ。そして足を止めるなり、眉をひそめて続けた。「私を信用していないのね？」

その問いかけに、彼は心の奥底を切り裂かれ、なんと答えればいいかわからなかった。オーガスティンの人生の中で、誰よりも信頼できるのは彼女だった。なのに、彼の中の何かが、フレディを遠ざけようとしていた。父親のこと、まして母親のことは、どうしても彼女に話したくなかった。

彼女はもう、僕がどれだけ傷ついているか知っているのに？　オーガスティンは自問した。

いや、フレディは知らない。その証拠に、彼女は僕のことを、最終的な決定を下す王、何事にも問題なく対処する王、おおらかで誰からも愛される王だと信じている。実際は、忍耐力が乏しく、自分を制御するのがやっとなのに。

そう、僕はかろうじて生きているにすぎない。夫になるのにも、父親になるのにも苦労するだろう。

そんな僕の姿を見せたら、フレディは僕との結婚を拒否するかもしれない。そんなのは耐えられない。

「フレディ」何を言えばいいかわからないまま、オーガスティンは口を開いた。「僕は疲れている。そんなときの僕がどんな男になるかはわかっているはずだ。話の続きは僕がまともなときにしよう」

フレディは暗いまなざしを彼に注いだ。「オーガスティン、私はあなたに優しくしてもらう必要はないの。だって、私もそんなに優しい女じゃないから。覚えてるでしょう？　私は人を殺したのよ」

「フレディ……」

息が止まりそうなほど彼女の唇が魅力的な微笑をかたどった。「オーガスティン、私を怖がる必要はないわ。そんなに怖くないから」

次の瞬間、彼はフレディを引き寄せ、その愛らしい口にキスをした――熱烈に。彼女が口にできる言葉が〝もっと〟と〝お願い〟しかなくなるように。

それは彼女にとっては不誠実かつ不公平なことだった。彼女が求めているのは、真実だけなのだから。

彼は口を離し、息を継いだ。「きみの言うとおり、僕はきみを信用していない。僕は誰も信じていないが、きみは……」

フレディは彼の胸にそっと触れた。「私が何？」

オーガスティンは彼女の視線を受け止めた。「きみは僕の妻に、僕の子供の母親になる。そして、きみと子供には……僕がきみたちに与えることができる以上の価値がある」

「あなたは私を女王にしてくれるのよ、オーガスティン。これ以上の贈り物はないわ」

「きみにふさわしいのは〝完璧な男〟だ。そして、僕はそれにはほど遠い」

フレディの表情が和らいだ。「ああ。そういうことだったのね。私はずっと不思議に思っていたの」

「怪我《けが》が僕にどんな影響を与えたのか、きみは知らない」オーガスティンは彼女の手を取って自分の胸に添えた。距離をおこうと自分に言い聞かせていたにもかかわらず。「人としての最も基本的な動作でさえ、僕は学び直さなければならなかった。歩くこと、話すこと、食べることを。そして、以前の僕ではなくなった。今の僕には忍耐力がなく、すぐにかっとなる。性格も昔よりずっと暗くなった」

「でも、私は事故前のあなたを知らない。知っているのは今のあなただけ。そして、あなたが暗いとも、怒りっぽいとも思わない。確かにせっかちだし、不機嫌かもしれないけれど、暗くはないわ」

オーガスティンはほほ笑んだが、傍目《はため》には歯をむき出しただけのように見えた。「それは僕が努めてそういう部分を隠そうとしていたからだ」

「いいえ、あなたは自分で思っているほどうまく隠してはいない。でも、もし私があなたの妻になるのなら、隠す必要はまったくない」フレディの目はとても暗く、真っ黒なベルベットのようだった。「あなたは私の最悪の部分を知っている。私も気が短いの。引き金を引いたとき、私をそんな立場に追いやったアーロンと母に激しい怒りを覚えていた」

オーガスティンはかぶりを振った。「わかっている。だが、きみは王じゃない。僕は王だから、短所は隠しておかなければならないんだ。感情をコントロールできない王など、誰も望んでいない」

「お父さまがそうおっしゃったの？」

彼の中でいらだちが渦巻いた。なぜフレディは父親に結びつけようとするのだろう？「父はこれとはなんの関係もない」

フレディは納得しなかった。「いいえ、これにはお父さまが関わっている。なぜなら、彼はあなたにとても高い基準を設けたからよ」

「なんだって？読み書きができること、そして自分自身をコントロールできること——それらのどこが高い基準なんだ？子供でもできる」なのに、僕にはできない。オーガスティンは胸の内でつけ加えた。だが、口に出して言ったかのように、その言葉は二人の間に沈殿した。

フレディはその場に立ちつくしていた。間違いなく彼の言葉にならない言葉を聞いたのだ。オーガスティンは彼女と一緒にこの部屋にいたくなかった。

「何をそんなに恐れているの？　あなたは立派な国王よ、オーガスティン。わかっているでしょう？」

肩、首、背骨、すべての筋肉が硬直していた。彼は胸に痛みを感じ、顔をしかめた。「僕は最低限のことしかできない凡庸な王だ。きみと子供に対しても、できることは限られる」

フレディの表情が和らいだ。その目は同情の色を帯びている。「信じられない……」

「もうこれ以上話したくないと言っただろう」彼は、怒りと威厳を取り戻したい一心で、彼女に近づいた。一歩、また一歩と、慎重に。あとずさる彼女がデスクに阻まれるまで。

フレディの表情は相変わらず同情心に満ちている。それを剥ぎ取る方法は一つしかなかった。

オーガスティンは彼女の腰に手を添えて、すでに硬くなっている欲望のあかしに引きつけた。

10

ウィニフレッドは、むき出しの男らしさと激しい情熱でオーガスティンに迫られた。けれど、その荒々しさの底に恐怖が潜んでいることを、彼女は見抜いていた。そして本当は、彼が何を恐れているのか尋ねる必要はなかった。知っていたからだ。

オーガスティンは自分自身を、そして失敗するのを恐れていた。自分は凡庸な王だと、自分には最低限のことしかできないと、頑《かたく》なに思いこんでいる。

そんなふうに自分を卑下する彼を見るのは苦痛だった。実際には彼はすばらしい王なのだから。温かく、感受性が豊かで、思いやりがある。私を、赤ちゃんを、国民を守ってくれる。もちろん、彼にできないこともあるが、彼にしかできないことも多々あった。

彼の感情や性格について言えば、彼は怒りっぽくないし、暗くもなかった。そもそも、彼が誰かに不満をぶつけるのを見たことがない。

最悪なのは、オーガスティンがそう思いこんでいるのが、彼のせいではないということだ。父親のせいでもない。彼がそう思いこむようになったのは、さまざまな事情に彼の性格が重なったからだ。完璧主義的な性格に、悲しみと強い愛情が絡みついてしまったのだ。父親を愛していたのは明らかだし、母親のことを語ろうとしないのは、母親への恋慕もまた強いからに違いない。そして、息子を産むために母親が命を捧《ささ》げたという事実が、彼が背負わなければならないもう一つの重荷となっているのだ。

オーガスティンの目には恐怖と苦悩があり、怒りも見えた。彼は私を怖がらせて遠ざけようとしている、とウィニフレッドは見抜いていた。

彼は明らかに今の自分はひどい人間だと思っているが、それは間違いだ。私は事故の前の彼を知らない。知っているのは、そのあとの彼――今のオーガスティンに恋をしているということだけだ。彼にひどいところは何もない。疲れているときは機嫌が悪くなるが、いつも謝ってくれる。

彼はときどき暗い部屋でスコッチを飲みながら物思いにふけっていた。そんなとき、苦悩の色が垣間見えたが、けっして暗くはなかった。

今、ウィニフレッドは力強い胸に手を添え、彼の目を見上げた。彼の熱がドレス越しに伝わってくる。

「私はあなたを恐れていない。だから、もしあなたが心の底に潜む恐ろしい怪物を表に出して私を脅そうとしているのなら、それはうまくいかないと、あらかじめ言っておくわ」

「たぶん、すぐに考えが変わるよ」オーガスティンは言い返すなり、頭を下げて彼女の唇を奪った。

ウィニフレッドはたじろぐことなく、彼のキスを受け入れた。熱を帯びた爆発的なキスは二人を炎で包んだ。

この一週間、オーガスティンはベッドでとても優しく、ソフトなキスと愛撫《あいぶ》で彼女を楽しませた。けれど、このキスは荒々しく、激しかった。

彼が喉の奥でうなりながらドレスの下に手を差し入れ、腿の間へと滑りこませると、ウィニフレッドは彼が触れやすいよう脚を広げた。

すぐさまオーガスティンは彼女の脚の付け根をまさぐり、最も敏感な部分を親指でこすり始めた。同時に指を彼女の中に差し入れた。さらにもう一本入れると、ウィニフレッドは彼の口の中でうめき声をあげた。

彼女はオーガスティンのこうした性急さを愛していた。というより、彼のあらゆる面を愛していた。彼女は机の縁がヒップに食いこんでいたが、彼女が意識していたのは、彼の指がもたらす快感だけだった。

ウィニフレッドの心を読んだかのように、彼が低くしわがれた声で言った。「本当にこうしてほしいのか？　きみに何をするかわからないのに？」

「ええ、そうよ。私はいつもあなたが欲しい。そして私が望まないことを、あなたはけっしてしない」

一瞬、オーガスティンは頭を上げ、彼女の目を凝視した。彼女は彼の目に獰猛《どうもう》さを認めると、同じように獰猛な視線で見返し、自分たちが同じタイプの人間だという真実を示した。

オーガスティンは悪態をつき、あっという間に彼女の体の向きを変えて机の上に突っ伏させた。そしてドレスをたくし上げたかと思うと、ズボンのファスナーを下ろした。

十数秒後、ウィニフレッドは後ろから彼に貫かれて喜悦の声をあげた。なんという快感だろう。彼女はたちまち陶然となった。

　オーガスティンはさらに激しく、深く突いた。それでも彼は、ウィニフレッドの腹部に手を添え、デスクに当たらないよう細心の注意を払っていた。彼女と子供を守るために。

　なのに、快感は増すばかりで、彼女はデスクに向かってうめき声をあげ続けた。

「さあ、のぼりつめるんだ、フレディ」オーガスティンは低い声で命じた。「きみのいちばん敏感な部分に自分で触れて」

　ウィニフレッドが素直に従うと、彼はさらに動きを速めた。もっと激しく、もっと深く。

　ほどなく彼女は絶頂に達し、彼もすぐに続いた。

　部屋は二人の荒い呼吸の音で満たされていたが、やがてオーガスティンは彼女から離れ、彼女のドレスを下ろした。

　快感の余韻が薄れ始めると、ウィニフレッドは身を起こして振り返った。彼はズボンのファスナーを引き上げたところだった。けれど、彼の目はまだ獰猛な輝きを放っていた。

「きみを傷つけてしまった」

「いいえ、そんなことないわ」ウィニフレッドは彼の目を見返した。「あなたは私に、自分はひどい人間だと思わせたかったのでしょう？　もしそうなら、あなたはもっと努力しなければならないわね」

　再びオーガスティンは悪態をついた。「これが王のあるべき姿だとでもいうのか？　妊娠している婚約者を――」

「オーガスティン、私にとってあなたは王ではなく、単なる男性にすぎない。父親を失った悲しみだけでなく、かつての自分を失った悲しみとも闘っている男性。自分一人でやり遂げるために、誰からも距離をおいている男性。でも、あなたが目指していることとは、けっして一人ではできない」ウィニフレッドは彼の目を見つめた。「私自身、一人で自分の抱える秘密と向き合おうとした。でも、できなかった。そして今、私は気づいたの、本当は一人では立ち向かいたくなかったことに。オーガスティン、あなたには誰か信頼できる人が必要なの」

彼の表情は硬くなり、青い目は猜疑心《さいぎしん》に満ちていた。「なぜ、そんなふうに思うんだ?」

「私はあなたの妻になるから」ウィニフレッドは小さく息をついた。オーガスティンは知るべきだ、今の自分はひどい人間ではなく、壊れてもいないことを。彼は善良な人であり、優れた夫に、優れた父親になると、彼女にはわかっていた。「そして、あなたを愛しているから」

フレディのきれいなドレスは、彼のせいでしわくちゃだった。髪は肩のあたりに落ち、セックスの余韻で頬には赤みが残っていた。

なんと美しいことか。これほど美しく、これほど知的で、情熱的な女性に、これほど誠実で思いやりのある女性に、どうして自分が愛されるのか、彼には理解できなかった。彼女を獣のように机の上に突っ伏させて奪ったにもかかわらず。

フレディはいったい何を考えているんだ? オーガスティンは声を荒らげた。「僕を愛しているとはどういう意味だ?」

挑むように彼女の顎が上がった。「言葉どおりの意味よ。私はずっと前からあなたを愛していた」

オーガスティンは彼女の目に真実を認めたが、突然、耐えられなくなった。すでに背負っている重荷に、さらに愛がもたらす重荷が加わると思うと、耐えがたかった。父は僕を愛し、大きな期待を寄せていたが、その期待に応えられなかった。母は僕を愛し、自分の命を犠牲にしてまで僕を産んだ。多くの人が僕を愛し、そして失望した。彼はフレディに彼デと同じ道を絶対にたどらせたくなかった。

「きみに僕を愛してほしくない」オーガスティンはぴしゃりと言った。

「もう遅いわ」

セックスによっていくらか薄れた苦悩が再び頭をもたげ始めた。父親の期待に応えられなかった無念さ、最高の王になる道が閉ざされた悲しみ、無駄になってしまった母親の犠牲。さらには我が子に対する忸怩《じくじ》たる思い。なぜなら、彼の子供は欠陥だらけの父親を持つことになるからだ。

「僕はきみを愛してはいない。それはわかっているだろう？」

「ええ」フレディはひるんだりしなかった。

「もし僕の気持ちが変わることを期待しているのなら、きみは永遠に期待し続ける羽目になる。結婚しても何も変わらない」愛はあまりに重すぎる。王冠よりもずっと。

彼女の黒い瞳は微動だにしなかった。「それもわかっているわ。あなたは今の自分を好きではないかもしれない。でも、私は好きなの。あなたは自分が思っている以上に強く、優れた王よ。ずっとそう思ってきた。あなたはほかの誰よりも国民を理解しているし、国民はあなたを心から愛している。あなたは常に国民の幸福について深く考えているすばらしい王よ」

オーガスティンはかぶりを振った。「すべて見せかけなんだ。何もかも演技なんだ、フレディ。もし僕がそうしなかったら、国民の目には、狂犬がうなりながら首の鎖を引っ張っている姿が映るだけだ」

フレディは鼻を鳴らした。「ばかばかしい。あなたがつらいのはわかる。でも、あなたが誰かとつながろうとするとき、それはけっして演技じゃない。あなたが誰かを気遣うときも」

不毛な会話だ、とオーガスティンは思った。フレディは薔薇色《ばらいろ》の眼鏡を通して僕を見ている。彼女は僕の真の姿を知らないのだ。

「いや、違う。きみは――」

「あなたはなぜか、自分はひどい人間だという考えに固執している」フレディは議論を蒸し返した。まるで彼が国王ではないかのように。「自分は凡庸で王として満足できる仕事をしていないと。でも、そうじゃないの。あなたがなぜ自分のことをそんなに悪く思いたいのか、私にはわからない。本当は、自分が凡庸でろくでもない王になることを恐れているだけじゃないかしら」

彼女は間違っている。

オーガスティンはずっと前に真実を受け入れた。両親の望む王になれなかったこと、母の犠牲に報いることができなかったことを。そして、自国民からの愛の重荷に耐えられないことを。

「ばかな」彼は吐き捨てるように言った。「そんな恐れなど抱いていない。僕はありのままの自分を受け入れている。きみも早くそれを受け入れるべきだ。そうすれば、僕たち全員にいい影響をもたらすだろう」

突然、オーガスティンはフレディと同じ部屋にいるのが耐えられなくなった。彼女の黒く澄んだ瞳、そこに浮かぶ同情の色、そして何より、彼女の愛から逃れたかった。これ以上重荷を背負うなど不可能だった。だから、フレディが何か言う前に、彼は彼女に背中を向けて歩きだした。

オーガスティンはやみくもに、あてもなく歩いた。何人かが近づいてきた。間違いなく、彼に何か用事があってのことだろう。だが、彼は一瞥《いちべつ》もくれず、無視した。もっとも、彼らも見るからに不機嫌そうな王に関わりたくなかったに違いない。

十数分後、オーガスティンは厩舎《きゅうしゃ》にいた。馬と干し草の匂いに気分がいくらか和らぐ。ハニーの馬房に行くと、つややかな栗毛《くりげ》で額に白い斑点があるいい女が鼻を寄せてきたので、彼は撫《な》でてやった。すると、ハニーはおやつをねだった。馬とはそういうものだ。彼らが欲しがるのはリンゴか触れ合いだけだ。ほかには何も必要としない。それが彼には癒やしとなった。

フレディをあんなふうに扱うべきではなかったと、オーガスティンは悔やんだ。

彼女は何年も前から僕を愛していたという。だからといって、僕に何ができるだろう？

僕はこの結婚にどう向き合えばいいんだ？

ほかのことと同じように、歯を食いしばってできる限りのことをするしかない。フレディを愛することはできないが、彼女の夫になることはできる。本当は結婚しないのがいちばんだが、赤ん坊には父親が必要だ。僕は最高の父親にはなれないが、いないよりはましだろう。

だが、彼女にはそれ以上の価値があるんじゃないのか？ 内なる声が辛辣に指摘した。

そのとおりだ。オーガスティンは奥歯を嚙《か》みしめた。しかし、不運なことに、フレディとその子供には僕しかいないし、僕は自分の責任を放棄するような男ではない。そんなふうには育てられなかった。

自分自身にも高い基準を設けていたピエロは、息子にも高い基準を求めた。

ピエロは夫としても模範的だった。父のようにはなれないとわかっていても、少なくともオーガスティンの中に父は手本として存在していた。

オーガスティンは愛馬の毛並みをブラシで整えながら思った。こんなふうにフレディの世話を焼くことなら、僕にもできる、と。

彼は明日の夜、特別な予定を立てていた。王宮内のフレディのお気に入りの場所――何百年も前からある小さなリンゴ園でピクニックをするのだ。そこで正式にプロポーズをして、母親の婚約指輪を彼女に贈るつもりでいた。婚約記念舞踏会も考えたが、子供が生まれる前に結婚したかったので、準備に時間がかかる舞踏会は断念した。

その代わり、イザヴェーレの首都にある由緒ある大聖堂ですばらしい結婚式を挙げ、その後、盛大な祝賀会を催すことにした。各国首脳への招待状はすでに発送されている。

ようやく気持ちが落ち着くと、オーガスティンはブラシを置き、ハニーに毛布をかけて馬房から出た。

明日、僕はフレディに最高のピクニックと婚約指輪を授け、仲直りをして、僕のベッドですばらしい一夜を過ごすだろう。

彼女もきっと満足するはずだ。

11

ウィニフレッドが王妃棟の新しい部屋に入ると、ベッドにガーメントバッグが置かれ、その上には白い封筒が置かれていた。小さな白いカードを取り出すと、そこには優雅な筆記体でこう書かれていた。

〈今夜、七時にリンゴ園で待っている〉

オーガスティンが誰かに書かせたものだろう。彼の筆跡を見たことはないが、今の彼は字を書けない。

昨夜、彼はウィニフレッドが寝入るまでベッドに来なかった。今日はずっと不在で、彼にいくつか尋ねたいことがあった彼女はいらいらしていた。

けれど、前日の言い争いのあとでは、二人とも少し距離をおく必要があったのかもしれない。

ああ、愛していると言うべきじゃなかった……。

ウィニフレッドは胸を締めつけられた。オーガスティンは告白を受け止めてくれなかったが、私はそれを予見するべきだったのだ。私はただ、彼はけっしてひどい人間じゃない、それどころかすばらしい人だということをわかってほしかっただけなのに。

彼は私の告白に激怒していたけれど、当然のことかもしれない。私たちは愛について話したことなどなかったのだから。しかも、彼は私の告白をある種の要求だと思ったようだが、まったく違う。私は、彼に愛されていないことを知っていたし、そうなることを期待してもいなかった。

でも、本当は愛されたいのでしょう？

その指摘は不快だった。アメリカを離れてから、愛について考えることはなかった。ヨーロッパ各地に移り住み、生活費を稼ぐのに精いっぱいだった。母親には愛されていなかったが、妹たちからは愛されていた。

いずれにせよ、愛は彼女にとって必要なものではなかった。オーガスティンと出会って恋に落ちても、その考えは変わらなかった。なぜなら、愛は与えるものだから。彼女は見返りを求めなかった。

彼がすでに多くの重荷を背負っていることを知っているウィニフレッドは、追い討ちをかけるようなまねはしたくなかった。

彼女は現実に返り。ガーメントバッグを手に取ってファスナーを開けた。

とても美しいオンブレのシルクのドレスが入っていた。首元とボディスは彼女のドレッシングガウンと同じ淡いピンクで、裾に近づくにつれて徐々に深みを増してライラック色に近づいていく。スパンコールもちりばめられ、星座のようだった。

胸がときめいた。今夜、彼が何を計画しているにせよ、すばらしいものになるだろう。

本当に彼の茶番劇につき合うつもり？

辛辣な心の声に、ウィニフレッドはため息をついた。もちろんよ。私は彼と結婚すると決めたのだから。愛がどうのこうのと言う以前に、この結婚は子供のためなのだ。手本を持たない私がいい母親になれるかどうかはわからないけれど、子供にはオーガスティンが必要だとわかっている。

その夜、ウィニフレッドはゆっくりと身支度を調えた。シャワーを浴び、髪を乾かし、つややかなウエーブを肩にかける。彼女はオーガスティンがそのスタイルを好むことを知っていたからだ。そして彼から贈られたドレスを身につけた。

準備が整ったとき、ちょうどスタッフが迎えに来て、果樹園へと案内してくれた。

あたりは暗く、空には無数の星がまたたいている。暖かい夜気にリンゴの木の香りが漂っていた。

そして次の瞬間、ウィニフレッドは息をのんだ。


闇の中で、リンゴの木の枝につるされたランプが柔らかな白い光を放ち、その下に分厚い毛布が敷かれている。その上には、妊婦にも安全なチーズやフルーツ、菓子などが所狭しと並んでいた。小さなケーキやチョコレート・トリュフもあり、銀のアイスバケツには、彼女のお気に入りの炭酸水もあった。

食べ物や飲み物以上に気持ちを引かれたのは、リンゴの木の下に立っているオーガスティンだった。

黒髪の金の束が輝いている。真っ白なシャツに黒っぽいズボンというシンプルな服装だが、それが彼の美しさを際立たせていた。

ウィニフレッドは胸を締めつけられた。

だめよ、惑わされては。彼女は自分に言い聞かせた。彼はロマンスを紡ぐためにここにいるのではない。彼は私を愛していないし、これからも愛さない。

オーガスティンが私と結婚するのは子供のためであって、ほかに理由はない。

ウィニフレッドはリンゴの木の下を、彼のもとまでゆっくりと歩いた。自分が感じていることを微塵《みじん》も悟られないよう努めながら。うっかり涙をこぼしてこの夜を台なしにしたくなかった。

「すてきね」彼女はつぶやいた。「これはいったい何事なの？」

「謝罪だ」彼女を見つめるオーガスティンの目には炎が燃えていた。「昨日はすまなかった」それから彼はポケットから黒いベルベットの小箱を取り出した。「それと、これをきちんとやりたかった」

たちまちウィニフレッドの心臓は早鐘を打ちだした。彼は片膝をついてプロポーズをするつもりなのだ。婚約が単なる便宜的な結婚のためではなく、愛し合う二人の婚約であるかのように。

こんなことはしてほしくなかった。なぜなら、なんのための結婚かわかっているのに、わざわざそれを糊塗《こと》するなど、かえって傷つくからだ。ランプの明かりもすてきなドレスも食事も、まやかしにすぎない。私はすでに彼との結婚に同意している。こんな演出は無意味だ。

「オーガスティン、こんなことをする必要はさらさらないわ」

「本当に？」彼の眉間にしわが刻まれた。「僕はきみのいい夫になりたいんだ。そして、それは正式なプロポーズから始まる」

中身も感情もないロマンスには脅威しか感じない。ウィニフレッドはうんざりした。「正式なプロポーズなんて必要ないわ。私はすでに承諾したはずよ。ただ、誤解しないで。このドレスをはじめ、あなたがしてくれた努力には感謝している。でも……」

「でも、なんだ？」

このすてきな夜を台なしにするようなことを言うべきではないのだろう。けれど、ウィニフレッドはもう自分を偽るのに疲れていた。「あなたは私を愛していないのよ、オーガスティン」きっぱりと言う。「妊娠したから結婚するんでしょう？　だったら、このすべてが……ただのショー、パフォーマンスにすぎない。ああ、なるほど。あなたはお父さんのためにこれを仕組んだのね？」

オーガスティンの顔がこわばった。「父は関係ない。あくまで僕がやりたかったんだ」

いいえ、もちろん父親が関係している、と彼女にはわかっていた。父親がすべてなのだ。オーガスティンは、たとえ自分の意に沿わなくても、父親が期待するであろうことをしようとしているのだ。

「本当に？」ウィニフレッドは彼をじっと見つめた。「これがあなたの本当の望みなの？　片膝をついて、愛してもいない女性にプロポーズすることが？　そもそも持つつもりのなかった子供のために？」

彼はベルベットの箱をぎゅっと握りしめた。こめかみの脈が震えている。「愛も子供も欲しくないとは言っていない。僕には持てないと言ったんだ。僕はただ、きみを幸せにしたいだけだ、フレディ」

彼は本気だとウィニフレッドは察した。私を幸せにしたいという気持ちに嘘《うそ》はない。けれど彼女にとってはそれだけでは充分ではなかった。

私が彼を愛しているように、彼にも私を愛してほしい――それが偽らざる思いだった。

なのに、彼は私を愛していないと明言した。最初はそれでもいいと思ったけれど、今は違う。

彼女はもっと多くを望んでいた。けっして手に入らないと思っていたもの、自分にふさわしくないと思っていたものを、すべて手に入れたかった。

「何が私を幸せにするかわかる？　あなたの世話をすること、あなたを支えること、あなたを愛すること、そして、あなたに世話を焼かれること、支えてもらうこと、そうしたことが私を幸せな気持ちにしてくれるの。そうするのが模範的な夫だから、そうするのが父親の要求した水準を満たすから、という理由じゃなく、私を愛しているがゆえにそうしたいと思うからという理由で、私の世話を焼いてほしいのよ」

彼の顎の筋肉がこわばった。「繰り返すが、父は関係ない。僕はきみを大切に思っている。だが、愛を与えることはできないんだ、フレディ」

そのとき、ウィニフレッドの中で何かが死んだ。彼はすでに明らかにしていたことを繰り返したにすぎないのに、なぜこんなにも胸が痛むのだろう。

「ええ、そうね」彼女はかすれた声で応じた。「それで、子供が生まれたら、あなたは子供にも、〝僕はきみを愛せない〟と言うつもり？」

彼の目の中で怒りの火花が散った。「それは違う。子供は――」

「私に対する気遣いなら無用よ」ウィニフレッドは遮った。「あなたはいい父親になるでしょう。けれど……あなたとは結婚できない。ごめんなさい」

ショックのあまり、オーガスティンはろくに息もできなかった。

彼女の好きな場所で夜のピクニックを計画し、彼女が気に入るとわかっていたドレスを買ってやった。婚約指輪はサファイアで、ソラーリの歴史を彩る由緒ある品で、母親の婚約指輪でもある。そして、片膝をついてプロポーズをして、彼女にほほ笑んでもらい、指輪を彼女の指にはめる光景を想像していた。そしてリンゴの木の下でドレスを脱がせ……。

だが現実は散々だった。

「僕と結婚できない？　どういうことだ？　結婚すると言ったはずだ、フレディ」

彼女の目は暗く、ランプの明かりがさらに暗く見せていた。「ええ、わかっているわ。だから、謝っているの」フレディの手は体の脇で拳に握られていた。「私はあなたが愛してくれなくても問題はないと思っていた。ずっとあなたを愛してきたから、それが報われないことにも慣れていた。でも、赤ちゃんができて、すべてが変わったの」

　オーガスティンの中で自分でも理解できないほどの絶望感が頭をもたげた。「どう変わったんだ？」

「あなたは夜、私を抱いてくれる。私を守ってくれている。私を支えてくれる。好きよ、オーガスティン。いえ、それ以上よ。でも、私が望んでいるようにあなたが私を求めてくれたら、私にあなたの世話を焼かせてくれたら、と考えざるをえないの」フレディの黒い瞳がベルベットのような柔らかみを帯びた。「でも、あなたは私と距離をおいている。あなたは自分のなすべきこと、よき王、よき夫がするべきことに集中するばかりで、自分が何を望んでいるのか少しも考えていない」

　フレディの指摘は正しい。内なる声がささやいた。おまえは自分の望みについて考えたことがあるか？

　もちろん、ある。「きみと結婚すること、それが僕の望みだ。きみは僕の妻、僕の女王になり、そして生まれた子供と一緒に家族をつくる」

「その中に、愛はある？」

　オーガスティンの怒りは頂点に達した。なぜ彼女は愛にこだわるのだろう？　僕の話を聞いていなかったのか？「愛は関係ない。何度言えばわかるんだ？」

「そうね。でも、あなたが心の底からそう信じているとは思えない」フレディは彼の顔を探った。「自分に厳しいのね、オーガスティン。あなたは自分に多くを課している。どうして？」

　もちろん、彼は自分に厳しかった。そうでなければならない。父が望んだような王にはなれなかったが、努力はし続けた。それこそが重要なのだ。

　もし努力するのをやめたら、僕はどうなる？　問違いなく壊れてしまう。

「誰かがもっと僕に期待し、要求しなければならないからだ」オーガスティンは声を荒らげた。「そして、その要求に応えるのが王だと、僕は父に諭されて育った。母が命と引き換えに僕を産んだからには、僕は精いっぱいそういう王を目指すべきで、そのためには自分に厳しくなければならないんだ。さもなければ……」彼は必死に怒りを抑えた。「僕に何ができるんだ？　なんの役に立つんだ？」

フレディは一歩前に出て、彼の胸にそっと手を添えた。「あなたは理想の王よ。ほかの何者にもなる必要はないの。オーガスティン、あなたはあなたでいればいい」

「そうか？」オーガスティンは不敵な笑みを浮かべた。「六歳の子供にできることができない男、読み書きのできない男、自分の感情さえコントロールできない男のままでいろと？　父と母が今の僕を見たら、打ちひしがれるだろう」

「お母さまはあなたを愛していた」フレディの目が突然、激しい光を放った。「そしてあなたがどうなろうと、愛し続けたはずよ。お父さまも」

「なぜわかる？　二人に会ったこともないのに」

「もうすぐ母親になるからよ。あなたがもしご両親だとしたら、今のあなたに失望するかしら？　あるいは、勇敢で強く、戦い続けているあなたはすばらしい王、誇らしき王だと思うかもしれない」

オーガスティンにはそんなふうに考えられなかった。まだ何一つ成し遂げていないからだ。そんな自分を誇らしく思えるはずがない。今の僕にあるのは、挑戦し続けようとする執念だけだ。

「そんなことはどうでもいい。僕は僕であり、それがすべてなのだから。今もこれからも」

「ええ」フレディはうなずいた。「そして、それが私が恋に落ちた人なの。私はあなたに別の男になってほしくない。目の前にいる人がいいの」彼の胸から手を離して続ける。「でも、もっと欲しい。自分が感じていることを感じないふりをするあなたに、私はうんざりしているの。これ以上は求めないふりをする自分にも」彼女の黒い瞳にはいつもの柔らかさはなく、黒曜石のように鋭かった。「つまり、あなたとは結婚できないということよ、オーガスティン。ふりをし続ける人生なんて、まっぴら」

彼の苦悩は増すばかりで、今にも胸がつぶれそうだった。「そんなのは取るに足りないことだ。僕たちの子供に父親と母親を与えることに比べれば。それを否定することはできないよ、フレディ」

「否定はしないわ。あなたに子供を授ける――それは約束する。でも、結婚はできない。お互いに恨みが残るような結婚はしたくないの。嘘にまみれた結婚も。子供に悪影響を与えるから」

体のあちこちが痛いほどにこわばり、頭の圧迫感がひどくなった。フレディは正しい、とオーガスティンは胸の内で認めた。彼女が結婚を望まないのなら、無理強いはできない。結局のところ、愛を返さない限り、彼女を幸せにはできないのだ。

「それでも、僕はきみの望むもの――愛を与えることはできない。自分の感情を抑えることも、誰かを愛することも、今の僕には不可能に近いんだ」

フレディの目に涙が浮かんだ。「わかってるわ」そう言って彼に触れようと手を上げたが、すぐに下ろした。「ごめんなさい、オーガスティン。あなたにこんなことをさせたくなかった。でも、どうすればお互いが幸せになれるのかわからない。そして何より、私はあなたの幸せを望んでいます」

胸をわしづかみにされたかのようで、オーガスティンは息ができないほど苦しくなった。「きみと結婚すれば、僕は幸せになれる」

フレディは突然、進み出て、爪先立ちになり、彼の口にそっとキスをした。それがさよならの合図だとオーガスティンにはわかっていた。彼女をぎゅっと抱きしめて放したくなかったが、思いとどまった。なぜなら、フレディは正しかったから。

僕が愛を返せない以上、結婚はフレディを不幸にするだけだ。彼女の人生には多くの不幸があった。さらに不幸を与えるのは、人の道に外れている。

だから、オーガスティンは手を伸ばさず、彼女が体の向きを変えて去るのを、ただ見送った。

毛布の上の料理はすっかり冷めていた。アイスバケツの氷は溶け始めていたが、彼の心臓はどんどん冷たくなり、やがて完全に凍りついた。

12

三日後、ウィニフレッドは自室で今後の身の振り方について考えを巡らせていた。魂の一部を切り取られたかのように感じながら。

彼女は女王棟を出て、イザヴェーレの首都に小さなアパートメントを見つけようか、それとも王宮の敷地内のどこかにコテージを建ててもらおうかと思案した。共同親権の取り決めをオーガスティンに提案するつもりだった。彼を果樹園に置き去りにした夜以来、連絡はなかった。

インターネットでアパートメントを探していたとき、携帯電話が鳴った。オーガスティンの親友で、カリテラの国王のガレン・クーロスからだった。

即座に彼女は応答した。「陛下、なんのご用でしょう？」

「いったい何があったんだ、フレディ？」ガレンは鋭い口調で尋ねた。「オーガスティンのことだ。僕やハルが電話をかけても、まったく出ない」

ウィニフレッドははっとした。「事情はご存じだと思いますが？」

「当然だ」ガレンは即答した。「世界中の人々と同じく、僕も王宮が出した声明文を読んだ」

ウィニフレッドはため息をついた。「私は彼との結婚を拒否しました。彼はそれが気に入らなかったのでしょう」

しばしの沈黙のあと、ガレンは口を開いた。「もちろん、そうだろう。きみはなぜ拒否したんだ？」

「私は彼を心から愛しています。なのに、彼は私を幸せにしたいと言いながら、私と距離をおいている。それでは二人が結婚しても、幸せにはなれません」

またも沈黙が落ち、やがてガレンは尋ねた。

「きわめて個人的な質問だが……オーガスティンはきみを愛しているのか？」

「いいえ」ウィニフレッドは断言した。「彼から、愛していないと言われました。愛はすべてを悪化させるだけだからと。愛を告白した私を彼は恨み、私の愛は新たな重荷だと感じています……事故以来、彼は自分は壊れていると思いこんでいるんです」

「明らかに違う。彼はすばらしい男だ」

「ええ、わかっています。でも、いくら私が力説しても、彼は受け入れない」

「頑固な馬みたいだな」ガレンはつぶやいた。「彼と話をさせてくれ。ハルと僕と三人で」

ウィニフレッドは少しだけ胸のつかえが下りた気がした。「ええ、そうしてください。彼は私の言うことを聞かない。でもあなた方の話には耳を傾けるかもしれません」

「よし、任せてくれ。僕たちでなんとかする」

オーガスティンは薄暗いリビングルームに座っていた。この三日間、カーテンを閉めきって、闇の中で過ごした。誰とも話さず、上等のスコッチを二本飲み干して。

彼が三本目のスコッチに手を伸ばしたとき、ドアの外で大きな声があがった。警備員たちが誰かと口論しているようだ。そしてふいにドアが蹴破られ、二人の男が入ってきた。見慣れた、そして今は歓迎できない二人が。

ガレンとハリールが近づいてくると、オーガスティンは眉をひそめた。「なんの用だ？」

二人はマントルピースに寄りかかった。

「すばらしい挨拶だな」ハリールが言った。「子供のように拗《す》ねて妊娠中の妻を捨てた男の様子を見に来たんだ」

「来てくれと頼んだ覚えはない」オーガスティンはうなるように言い返した。

「いや」ガレンは言った。「フレディに頼まれたんだ」

そのとたん、オーガスティンの胸に鋭い痛みが走り、全身がこわばった。「だったら、もう帰ってくれ。彼女の件はきみたちとはなんの関係もない」

「彼女もそう言ったよ」ガレンが言った。「僕はきみの子供の名付け親になるつもりだし、ハルも同じだ。それに、結婚式に出るはずが、きみの頑固さのせいで危うくなっている。ソラスも楽しみにしていたのに」

「シドニーもだ。妊娠中の妻を動揺させたくない」

「あいにくだったな。フレディは僕と結婚したくないそうだ」

ガレンはコーヒーテーブルの上に足をのせ、オーガスティンをにらみつけた。「彼女はきみを愛し、きみも彼女を愛している。自分に嘘《うそ》をつくな」

オーガスティンの心臓が跳ねた。「違う。きみたちは何もわかって――」

「もちろん、わかっている」ハリールは遮った。

ガレンが続く。「きみは少しも壊れていない。本当はきみだってわかっているはずだ」

「だが、きみたちは――」

「むろん、きみにはできないことがあるし、困難を抱えている。しかし、誰にでも困難はある」

「きみは立派な王だ」ガレンが続けた。「きみには自分の強みを発揮して人を扱う才能がある。イザヴエーレの繁栄は、きみがもたらしたんだ」

否定したい衝動に駆られ、オーガスティンは顎が痛くなるほど歯を食いしばった。

「フレディはもちろん、きみの友人たちは、きみが壊れているなどとは、これっぽっちも思っていない。なぜそれを受け入れられないんだ？」

「ハルの言うとおりだ。それに、フレディは何年もきみを愛してきた」ガレンが指摘する。「彼女はきみを幸せにしたいだけなのに、きみはそれを阻んでいる。なぜだ？」

「僕の気分が不安定なのは知っているだろう」オーガスティンはなんとか口を開いた。「すぐに怒るし、忍耐力もない」

「いい加減にしろ」ハリールはたしなめた。「きみがこんなにもわからず屋だとは思わなかった」

「まったく、ハルの言うとおりだ」

心の奥底では彼らは正しいとわかっていたが、オーガスティンは無視した。「僕は彼女に面倒をかけたくない。それに気分屋の夫のせいで苦労させたくない。彼女にはもっとふさわしい男がいるはずだ」

「だが、きみはよりよい人生を、そして幸せを手に入れるのに値する男だ。そうは思わないのか？」

オーガスティンの中の何かがうごめいた。「僕はそんな男じゃない」

ガレンは容赦しなかった。「きみは今、自分のことばかり考えているんじゃないのか？　きみの欠点について？　そしてその傷を舐《な》め、これ以上傷つくのを恐れている」

怒りが腹にたまり、オーガスティンはガレンに食ってかかろうとしたが、ハリールに先を越された。

「フレディはきみ自身よりもっと重要な存在じゃないのか？　彼女の幸せを、きみの傷ついた感情より優先するべきではないのか？　彼女にはそれだけの価値があるんじゃないか？」

友人の声がオーガスティンの内面に突き刺さり、彼が直視したくなかった真実をむき出しにした。

そう、何よりも大事なのはフレディだ。

「フレディが望んでいるのは愛だけだ、オーガスティン」ハリールは淡々と続けた。「きみは彼女にそれを与えられないと思いこんでいるようだが、それは違う。愛は自ら選択するものだ。どっちが大事なんだ、彼女の幸せか、きみの心を守ることか？」

その言葉は矢となって彼の心を貫いた。親友二人の言うとおり、オーガスティンは自分が傷つくのをずっと恐れてきたのだ。彼女が望むような人間ではないという恐れ、よき夫、よき父親になれないのではないかという恐れ。自分は国王にふさわしくないという恐れ。愛が常に彼に課していた重荷への恐れ。

彼女の幸せと僕の恐怖、どちらがより大切か？

それは選択であり、選ばなければならなかった。

だがこの瞬間、オーガスティンは選択の余地はないと悟っていた。すでにもう選んでいたからだ。

ウィニフレッド――僕のフレディ。彼女のほうが大切に決まっている。いつだって。

果樹園で彼女は僕に尋ねた。〝あなたがもしご両親だとしたら、今のあなたに失望するかしら？　あるいは、勇敢で強く、戦い続けているあなたはすばらしい王、誇らしき王だと思うかもしれない〟と。

それが真実かどうかは彼にはわからなかったが、今この瞬間、彼は突然気づいた。自分が何を望んでいるのか。

フレディに誇れる男になりたかった。彼女を幸せにできる男に。なぜなら、彼女を愛しているから。心の底から。そして、彼女も僕を愛してくれた。彼女の愛は揺るぎなく、常に力強く、安定していた。その愛で、彼女は僕が嵐の海で溺れないようにつかまえてくれていたのだ。

いったい僕は何を考えていたんだ？ ウィニフレッド・スコットをどれだけ愛しているかに気づくのに、酒を飲みながら三日間も費やしたのだ。

彼は椅子から立ち上がり、何も言わずに部屋を出た。ガレンとハリールを残して。

オーガスティンが部屋に入ってきたとき、ウィニフレッドはソファに座り、またもノートパソコンでアパートメント探しに没頭していた。

ドアが開く音に顔を上げたとたん、胸を締めつけられた。「オーガスティン？」

その問いには答えずに彼はウィニフレッドのもとに近づき、いきなり彼女のノートパソコンを無造作に床に投げ捨てた。そして彼女をソファから引き上げて、力任せに抱きしめた。

オーガスティンの青緑色の目に宿る激しい炎に、彼女は息をのんだ。

「ウィニフレッド……」その深みのある声には荒々しい響きがあった。「愛するフレディ、すまない。この数日間、きみにひどいことをした。本当にすまなかった。果樹園でのことをはじめ、何もかも」

彼女は急に震えだし、目に涙を浮かべた。「いったい、何が起こっているのか理解できないまま。「いったい、どうしたというの？」

「僕以上に僕のことを知っている二人の親友がやってきて、僕の目を覚ましてくれたんだ」オーガスティンは彼女を抱く腕に力を込めた。「彼らはいくつかの真実を教えてくれた。第一に、僕が勝手に問題をつくりだしている利己的なろくでなしであること、そしてもう一つは、僕にとってこの世の何よりも大切な人がいるということを」

ウィニフレッドは喉を締めつけられ、声が出てこなかった。

「僕にとって何よりも大切なもの——それはきみだ、スウィートハート。きみは僕にとってこの世でいちばん大切な人だ」オーガスティンは再び力いっぱい彼女を抱きしめた。「きみの言うとおり、僕は恐れていた。きみが望むような夫になれないのではないかと怖くてたまらなかった。きみにふさわしい夫になれないのではないかと」

「あなたはすでに、私にふさわしい夫よ。あなたはあなたのままでいい。ほかの何者にもなる必要はないの」

彼のまなざしに愛があふれた。「ああ、きみが僕にとってどれほど大切か、きみにはわからないだろう。あのアル・ダイラの夜、僕のベッドできみを見つけた瞬間から、僕はきみを愛していたんだと思う。もしかしたら、その前から」

ウィニフレッドは感動のあまり、今にも泣きそうになった。息をするのも苦しいほど胸がいっぱいになる。これは現実なの？　オーガスティンは本当に私が望んでいたことを言っているの？

「だけど、あのときは私だとは知らなかったはず」

彼が浮かべたほほ笑みは温かく、優しさに満ちていた。「心では知っていたんだ」

「オーガスティン……」ウィニフレッドは彼の名前を祈りのようにつぶやいた。それを口にするだけで喜びで胸がふくらんだ。

オーガスティンは身をかがめ、彼女の頬を伝う涙を唇で拭い、いっそう強く抱き寄せた。「僕はほかのことでも間違っていた。愛が物事を悪化させるわけではないとわかったよ。とりわけ、きみの愛は。フレディ、きみの愛は僕を支えてくれる。それなしでは生きていけない」

ウィニフレッドは彼の胸に手を押し当て、彼の熱と力を感じた。「だったら、あなたは幸運ね。もうあなたのそばを離れないから」

「つまり……」彼の笑みが大きくなった。「僕と結婚してくれるのか？」

「もしかしたら、説得できるかもね」

説得の必要はなかったが、オーガスティンはそれを挑戦と受け止め、説得に取りかかった。

そして、それは功を奏した。

エピローグ

「この子は美しい」オーガスティンから抱き取った赤ん坊を見てガレンは言った。「間違いなくフレディに似ている」

「ああ」ハリールは同意した。「完璧な男の子だ」

オーガスティンは眠っている妻をよそに、友人たちに息子を見せびらかすのに夢中だった。

ハリールとガレンは、フレディの陣痛が始まってまもなくイザヴェーレにやってきた。ハリールはシドニーと娘のザーラを、ガレンはソラスと息子のレオを連れて。

オーガスティンは、友人たちがこの場にいることのありがたみを噛《か》みしめていた。また、うれしいことに、フレディの妹たちも来てくれた。二人とも姉の結婚式でブライズメイドを務めて以来、イザヴェーレのファンとなり、初めての甥《おい》に会うことを切望していた。

　友人たちとしばらく話したあとで寝室に戻ると、フレディが息子を抱いてベッドに腰かけていた。オーガスティンは彼女の隣に座り、肩に腕をまわして妻子を抱きしめた。「ハルとガレンは、この子がきみに似ていると言っていた」

　フレディは夫にもたれ、息子の額にキスをしてから彼を見つめた。「でも、この子の目はあなたにそっくり。まだこの子をピエロと呼びたいの？」

　妻が何をきいているのか、オーガスティンはすぐに理解した。息子に父親の名前をつけたいのかどうか、出産前は確信を持てずにいたが、今は違う。

「きみは、父と母は今の僕を誇りに思うだろうと言ったが、僕は信じていなかった。だが、今は信じている」

　ウィニフレッドはたくましい肩に首をのせて、彼を見上げた。「父親になったから？」

　オーガスティンはほほ笑んだ。「そう、父親だからだ」彼は手を伸ばし、息子のうぶ毛の生えた額を撫《な》でた。「そして、この小さな男の子を愛し続けることを、僕は知っている。息子に対する僕の評価がけっして低くなったりしないことも」

　フレディは笑みを返した。その笑みの温かさはオーガスティンの魂に届いた。

「二代目ピエロは間違いなくあなたに似ているわ」

　オーガスティンは自信を持って言えた。自分の人生がこれ以上豊かになり、これ以上喜びに満ち、これ以上愛にあふれることはありえない、と。

ハーレクイン®

王の求婚を拒んだシンデレラ
2024年8月20日発行

著　　者	ジャッキー・アシェンデン
訳　　者	雪美月志音（ゆみづき　しおん）
発 行 人	鈴木幸辰
発 行 所	株式会社ハーパーコリンズ・ジャパン 東京都千代田区大手町 1-5-1 電話 04-2951-2000（注文） 0570-008091（読者サービス係）
印刷・製本	大日本印刷株式会社 東京都新宿区市谷加賀町 1-1-1

ISBN978-4-596-96134-1 C0297

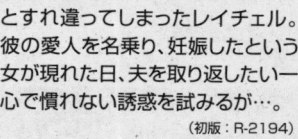

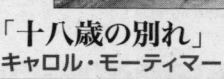

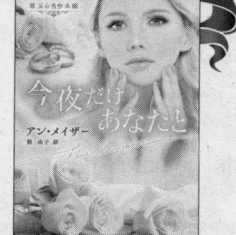

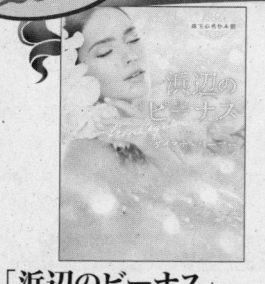

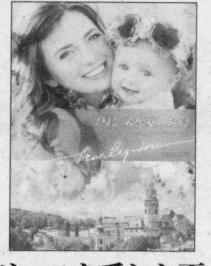